树下神猫的告白

猫の
お告げは樹の下で

［日］青山美智子 著　烨伊 译

湖南文艺出版社　博集天卷

［第四片叶子］ 播种　097

［第五片叶子］ 正中　139

［第六片叶子］ 空间　179

［第七片叶子］ 偶然　219

只在这里说的故事　267

树下神猫的告白

猫の
お告げは 樹の下で

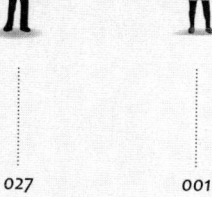

[目录]

[第一片叶子] **朝西** 001

[第二片叶子] **票** 027

[第三片叶子] **点** 059

[第一片叶子]

―

朝西

猫の
お告げは樹の下で

醒来第一个想到的人，果然是佐久间。

　　混沌的脑海中，浮现出他温柔的眉眼。下一个瞬间，我立刻想起他那张写满为难的脸。这才意识到，那是现实，我已经见不到佐久间了。

　　我的内心深处仿佛比着佐久间的形状凹下了一块。于是我明白，自己离痊愈还有很久。

　　清晨，床边的闹钟指向五点。

　　现在离上班时间还早，我闭上眼，想睡个回笼觉，可佐久间浮现在我眼前。他笑起来的时候，下垂的眼睛会忽然显得很幼态，他的刘海只有发尖处弯弯的，他会用不高不低的声音叫我的名字——美春。

　　我再也躺不下去，干脆起床，打开了窗户。无论我怎么蜷缩着身子，夜晚总会过去。眼下是夏末的清晨，窗外能听到鸟叫。

　　——今天也去跑跑吧。

一阵深呼吸后，我伸了个懒腰。

跑起来就能忘记一切。

这一招，我是在初高中的田径队学会的。

不及格的成绩单，母亲的埋怨，同班同学在我背后无聊的贬损……只要在社团活动时用尽全力奔跑，大部分情绪都能转好。从美容学校毕业后，我开始在理发店工作。有前辈扬扬自得地把杂事推给我，也有客人不遵守预约时间，被提醒后反而恼羞成怒地催促我。为了拂去这些小小的烦恼，在上班前的清晨或休息日的上午，我总会去跑步。

蹬开大地，劈开晨风。随着脚上力道的增加，我的速度越来越快，眼前的景物飞向身后。建筑、街道两旁的树木、路人，都渐渐离我远去。过去了，过去了，一切都过去了。

即便是猛烈的悔恨和焦躁，也会在跑步结束时跟汗水一起溜走，大部分烦心事都会变得无所谓。这份"无所谓"的态度，对平稳度过人生来说至关重要。

因为无所谓，所以可以忘记。讨厌的事对自己来说多半也是无所谓的。那些不能让我感到幸福的事，根本没必要记得。

到目前为止，我就这样战胜了很多困难。

可这次却不同寻常，只有这次，我跑啊跑，却怎么也忘不掉。

已经过去一个多月了，我还是无法觉得无所谓。就连跑步的时候，和佐久间的种种回忆也会闪过心头。

二十一岁，我遭遇了人生中的第一次失恋。

直到模模糊糊地看到拖着我的双脚交替移动的运动鞋，我才终于回过神来：

不能低头跑步，太危险了。

也许是因为一直看同一片风景才会这样，我灵机一动，偏离了熟悉的河岸路线，沿着国道跑去。

佐久间大我五岁，以前是我工作的那家理发店的副店长。我入职一年半以来，他性格沉稳、会照顾人，总是热情地给我工作上的指导。我问他一个问题，他能连着教我两三样东西，是一位可靠的领导。不知不觉间，我的目光已经习惯了追随他，和他在一起就心动不已。没过多久，我就打心里承认了对他的爱慕。

上个月，听说佐久间要被调到邻街的分店做店长，我下定决心向他告白。除了工作，我们私下没见过面。但目光相遇时他总会轻轻地笑一笑，闭店后做理发练习时也会夸奖我"美春剪得不错，很温柔"。我感冒请假后回来上班，他还说"美春回来了，店里果然亮堂了很多"。我怀着一丝期待，觉得他就算对我没意思，至少也不会讨厌我。

于是，我选了一个客人不多的日子，鼓起少得可怜的勇气，在马上要闭店的时候问他："今晚要不要去喝一杯？"我指的，当然是两个人单独去喝一杯。

可他"唰"地一下把目光从我身上移开，歪着脖子，回答的声音小到我几乎听不清：

"呃……嗯，好吧。"

第一次看到佐久间这样的表情，我吓了一跳。他的脸上明白地写着为难，说得更直白些，是不情愿。虽然我回了声"嗯"，内心却是拒绝的。意识到自己做了错事，我的心情比他要忐忑一百倍，心脏仿佛猛地被攥紧，又像西红柿一般被捏得粉碎。我后悔向他发出邀约，但已经来不及了。我不禁想大叫着跑掉，但还是强忍着情绪，呆呆地站在原地。佐久间突然像通上电的灯泡一般，换上一副明朗的表情对我说：

"好呀，那大家一起去吧！"

"……好啊。"

我总算挤出了这句回答，把"不，算了吧"噎在了喉咙口。

很快，我便明白了佐久间避免和我单独相处的原因。

当天晚上，我们几个员工一起去了一家居酒屋，他边吃炸豆腐边说：

"其实开年我就要结婚了。"

我的脑中一声轰响，胸口仿佛被什么轧过一样疼，却并没有太吃惊，只是觉得"果然是这么回事啊"，反而为自己刚才让他如此困扰而大受打击。听说他和女友在美容学校读书时就开始交往了。就算再迟钝，我也马上就明白了这是佐久间对我的防备或回应。他早就看透了我的心意，委婉地保护着我。这种成熟的关照更让我觉得悲惨。自己的心意对他来说是一种麻烦，却还得意忘形地要向他剖白。我羞愧难当，脸都要烧着了。

几天后，佐久间被调去了邻街的分店，没给我一丁点儿见缝插针的余地。

我忽然发觉，自己已经跑了很远。

我放任双脚奔跑，把自己带到了一个陌生的地方。环顾四周，一栋栋民居沿国道而建，当中夹杂着老旧的花店或萧索的电器商店。

我不再奔跑，决定走一会儿。从慢跑腰包里拿出矿泉水瓶喝水时，有风吹过来，拂在我汗津津的脖子上。

眼前是一栋俗气的商住大楼，一层的门脸前拉下的卷帘门似乎尘封已久，上面贴着印有"房屋出租"的纸。大楼旁边是一栋有年头的公寓，二者之间有一条狭窄的小路。我向路的尽头张望，草木深处能看到前殿的瓦片屋顶。看来那里有一座神社。

我把水放回腰包，朝神社走去。这座神社看上去不是很大，而且可以说是一点儿烟火气也没有。但石头建的鸟居威严庄重，院子里面被打扫得很干净。净手池也清爽整洁，让人觉得舒坦。

我在前殿外面摇过铃，又从慢跑腰包中摸出零钱包，从里头拿出十日元硬币投入赛钱箱，拜了两拜，拍过两次手，又是一拜。

我有一个愿望。

紧闭双眼，我开始祈祷。

——愿我忘记佐久间。

我睁开眼时，忽然感受到一道目光。

是猫。

前殿旁不远的地方有一棵大树，树干很粗，我要张开两只胳膊才能勉强环抱住。一只猫坐在树下的红色长椅上。

说它坐在椅子上，用词也许有些奇怪。因为它折起前腿揣在怀里，更像是躺在椅子上，是猫的标准姿势。

这猫大体是黑色的，从额头到鼻梁下面画着八字，摊开一片白毛。这种花色，好像叫"八字脸"吧。

我试探着慢慢地走近它。

"是神社的人在喂你吗？"

猫听了我的话，轻轻摇了摇头。

欸？这是在回答我吗？

"可以坐在你旁边吗？"

这回，猫的脑袋朝前一探。哇，它果然听得懂！

我有些兴奋，轻手轻脚地在它旁边坐下。猫还躺在原地，没有逃。

"你是到这里来玩的吗？"

猫定睛看着我，它的瞳孔是通透的金黄色。它望着我，突然眯起眼睛来。它在笑？这表情，一定是在笑吧？

我继续向猫提问。

"你知道有什么办法可以让人忘记失恋的痛苦吗？"

或许是对我的问题不感兴趣，或许是觉得无聊，猫晃晃悠悠地起身，轻巧地跳下了长椅。什么嘛，要走了吗？

不过，这真是一只漂亮的猫。它身上油光黑亮的，肚子和脚像棉花般雪白，仿佛穿着高雅的晚礼服。弯弯的尾巴尖好像拐杖的手柄，缓慢地左右摇摆。我发现它左半边屁股上有一撮白毛，不由得看入了神。

——星星？

猫开始在树根上"咯吱咯吱"地磨爪子，然后忽然停了下来，转头望着我，像有话要说似的。是要告诉我和这棵树有关的事吗？

我仰头一看，大树枝繁叶茂，有的叶子背面写着字。我站起来摸了摸叶子，叶子的边缘呈锯齿状，手指碰上去有些疼。

仔细观察，叶子背面的字似乎不是用笔写上去的，而是被什么东西刮伤后出现了褐色的印痕。大概是用掉在旁边地上的小树枝或发卡之类的东西划的吧。所有的字都写在背面，或许是因为正面很难划出字形。

叶子上什么都有："早安""宝宝是我的命"等文字，用数字画的人脸、便便图案，还有"想要钱"之类的涂鸦。对神社的树做这种事，难道不会受到惩罚吗？不过，树周围没有栅栏，也没有提醒人们不要捣乱、不要摘树叶之类的告示。看来这座神社对前来的参拜人是完全开放的。

我随机看了几片叶子上的字，有人夹着中间的叶脉画了一把伞，伞的两边分别写着"佐月♡"和"达彦♡"，而爱心的标记被弄花了，我不禁按了按胸口。名字旁边还端端正正地刻了日期，大概是两年前的这个时候。一定是一对恩爱的情侣来参拜的时候刻下的吧。刻了字的叶子竟然能保持这么久，我很吃惊。

素未谋面的"佐月酱"和"达彦君"你侬我侬的身影浮现在眼前，我深深地叹了口气。那片叶子上的文字明白地显露出二人的快乐。

真好呀。

原来喜欢某个人，是如此快乐的事。好羡慕呀。

这两个人现在怎么样了？还在交往吗？还是说，叶子上的字只是其中一方写的呢？如果是这样的话，写字的人还喜欢着另一方吗？

我发呆的时候，猫忽然绕着树一圈圈地跑起来。真是一只一惊一乍的猫。我想起《小黑桑波的故事》[1]里化成黄油的老虎，不由得瞪大了眼睛望着。但这只猫没有化为黄油，它早早地停了下来，"啪"地把左前爪搭在树上。

一片叶子飘飘然掉下来，从我头顶落下。

"欸？"

拾起掉在脚边的叶子，我发现背面写有文字。

朝西？

我看了看叶子，又看了看猫。

"这叶子是……"

---

[1]《小黑桑波的故事》：儿童故事书，苏格兰作家海伦·班尼曼著。曾是二十世纪最受儿童喜爱的故事书之一，但有人认为"桑波"一词和其中的黑人插图是对黑人的种族歧视，使图书备受争议并遭禁售。书中四只老虎绕着椰子树相互追逐，越转越快，最后化为黄油的情节一度广为人知。——译者（本书注释如无特殊说明，均为译者注）

我刚想和猫搭话，它却"嗖"地朝前殿后面敏捷地跑走，转瞬间就不见了踪影。

我整个人都呆住了。这时，一位穿着蓝色工作服的男子手里拿着扫帚走来。他一定就是这座神社的宫司[1]吧？

"有什么可以帮你的吗？"

宫司体态优雅，说话时和颜悦色的，小巧的嘴唇埋在圆乎乎的双颊之间，面相富态，就算不笑也像笑了似的。

"请问，这片叶子……"

我递上叶子，宫司轻轻接过："哦，是大叶冬青的叶子啊。"

"这叶子很有意思吧？大叶冬青，也有'明信片树'之称。在大叶冬青的叶子上划出来的字，能保存好几十年，还可以贴上邮票寄出去呢。带两三片回去也没问题哟，你要带吗？"

"呃，那个……"

如果我说这叶子是猫送给我的，恐怕会被认为是怪人吧？宫司看到我支支吾吾的样子，忽然一挑眉：

"莫非这叶子是猫给的？"

没想到他答得如此准确，我不由得向前探了探身子。

"没错！是猫，黑白花的猫……那个，屁股上有一个小星星的。"

"哦，果然是神签现世了。"

宫司眯起原本就小的眼睛，晃着身子笑了。

"神签？"

---

[1] 宫司：指神社的负责人。

"嗯，不过只有我们神职人员这样称呼它。神签有时会忽然出现在种有大叶冬青的神社，像抽签似的降下一片叶子，叶子上有启示性的文字。这就是'神签'的由来。"

"……启示。"

"对。所以仔细保存它比较好。能得到神签的启示，你的运气真好。就连生在这里、长在这里的我，五十年来也只是听过这个传说，从没见过它的真容。因为它只在迷茫的参拜者面前出现。"

官司将叶子递还给我。

"'朝西'是什么意思？"我问。

"叶子上写的是'朝西'吗？"

"欸？你看，在这里呀。"

明明写得这么清楚，官司怎么还会问出这种话？他抱起双臂笑了：

"嗯，到底是什么意思呢？启示并非答案本身，只是引导人们找到答案的文字。"

我愣在原地，官司紧攥着扫帚，抬首望天。

"好吧，神签现世，意味着我也要忙活一阵子了。"

官司似乎很满足地嘟囔了几句，匆匆地走掉了。我手中的叶子上，清清楚楚地刻着"朝西"二字。

朝西。是面朝西方就会迎来幸福的意思吗？西是哪边来着？

我用手表确定了方位，和神社相反的方向是西。我调整呼吸，开始向着幸福奔跑。

——先说结果吧，糟透了。

首先，跑出神社不到两分钟，我就踩到了一块掉在路上的口香糖。听见脚边窸窣作响，我低头一看，原来是粘在鞋底的口香糖又粘住了糖果包装纸和落叶。不知道那口香糖是谁吐的，总之它黏糊糊地贴在鞋底，我在柏油路上哧溜溜地蹭了半天，但口香糖完全没有要掉下来的意思，我只好脱下鞋，用路边的石头"吭哧吭哧"地往下削，不知怎的被一只跟主人散步的狗看到了，一个劲儿地朝我狂吠。这时候大雨突然从天而降，把我淋得精湿。我找不到回家的路，零钱包的拉链还突然坏掉了。

那位官司还说我运气好呢，看来"朝西"不是这个意思啊。

回到公寓，我看了一眼信箱，里面有张明信片，是时子寄来的。

时子是母亲的妹妹，今年四十五岁，在大型广告制作公司做了很多年图像设计，五年前辞职，成了自由职业者。我从乡下的高中毕业，到东京读美容学校的时候，和时子时隔十年在德咖伦[1]见了面。但我们的交情仅止于此。那次我们聊得并不畅快，时子滔滔不绝地说了一个来小时的话，我喝了杯咖啡就回去了。后面的往来只是每年给对方寄一张贺卡而已。

我不太擅长和时子相处。她的身形和声音都比普通人要大，而且动不动就很小气，常说自己的爱好是存钱。我上小学时，曾和妈妈、时子一起去过夏日祭。时子在露天的小吃摊给我买了一碗刨冰，我问她吃不吃，她回答："不吃，这东西没有营养，只是在冰上浇些糖水

---

[1] 德咖伦：日本咖啡品牌德咖伦旗下的咖啡门店。

就要三百日元，我才不要呢。"说她勤俭节约倒也没错，但我记得，当年幼小的自己暗想："这样的人生好无聊。"时子束在脑后的马尾辫总是乱蓬蓬的，着装也不修边幅，我从没见过她化妆的样子。说她土里土气也不准确，因为这人能若无其事地穿着从酒馆带回来的、印着花里胡哨的啤酒商标的 T 恤出门。

听说时子二十几岁的时候结过一次婚，一年后就离婚了。这之后，有关她恋爱的消息，我就再也没听说过了。看她说话时断然的态度和给人的整体感觉，我有时会感到疑惑：设计师是如此细致而敏感的职业，性情粗野、和时尚不沾边的时子脱离公司单干，真的能养活自己吗？

明信片上印着设计好的几个大字：我搬家了。地址上的住处和我的公寓在同一个区，她还在明信片上手写了几句：

"最近我买了两室一厅的二手房，和你住得近了。有空来玩。"

小气的女人时子竟自己买了房，想来是终于决定要孤独终老了吧？我缩了缩脖子，没有动去她家玩的心思。反正那句话肯定是社交辞令。

走进房间，我将明信片往桌上一扔，目光忽然停留在明信片上城堡插画旁边的小对话框上，只见里面写道：

"我心心念念的朝西的房间！"

……朝西！

我一会儿看看那对话框，一会儿又看看大叶冬青的叶子，重复了好几次。就这样犹豫了一天，到了晚上，时子打了电话给我。

"是想去您的新居拜访的……"听我这么说,时子好像格外高兴,痛快地答应下来:"真的吗?你快来吧!"没想到她真是好心想让我去,我心里敞亮了不少,时子却在这时说:

"来得正好,给我剪剪头发吧。我这刘海太烦人了。"

嚯,原来是这么回事啊。看来她不是因为外甥女要来而开心,而是想省一笔理发钱。

我报上理发店下周休息的日子,时子要我下午两点到。于是今天,我提着一盒蛋糕,前往她的住处。

她的公寓离车站步行大约二十分钟,地势似乎偏高,上坡路很累人。那一带是彻底的住宅区,连便利店都好不容易才能找到一家。终于到了地方,时子买下的房子在五层建筑的顶层,虽然是二手房,却不显得陈旧。我按下门铃,时子连句回应都没有,就给我开了门。

"好久不见,你可来了!"

"打搅了。"

时子照例素面朝天地出现在我面前,上身是一件领口有些污渍的鲜粉色保罗衫,下身是一条松松垮垮的牛仔裤。

"进来吧。"

她催促我进屋。进了玄关,左右两边各有一个房间,两扇房门都半开着。右边的房间里有两台大电脑和一张长桌,一眼瞧过去,左边的房间里有一张床。时子没给我拿拖鞋,但我也没指望她想到这一点。不过,屋子整体还是比我想象中漂亮,走廊的墙上挂着画,画的是可爱的小鸟。

不过,当时子推开通往起居室的那扇门时,我不由得"呜"了一声。起居室亮堂得吓人，而且热得难以想象。用"热"来形容不太恰当，"烤得慌"可能更合适些。

空调倒是开着，但几乎不起作用。把窗户遮得严严实实的窗帘是纯黄色的，更是将亮度提升了好几倍，似乎加剧了屋里的热度。

"呃，您不觉得热吗？"

"是吗？这个起居室是正西的朝向，这个时间段热也没办法啦。"

"至少可以把窗帘换成冷色调的吧？"

"欸——黄色放在西边，是提升财运的不二之选。窗帘占的面积最大，这个不能让步。"

她所谓的心心念念的朝西的房间，就是这样的吗？我无奈地递上作为伴手礼的蛋糕。

"哇，安吉莉卡的柠檬水果挞！我爱吃这个，谢谢！"

我知道时子为什么叫我下午两点来了：若是约在中午，她就要准备饭菜。她肯定懒得做饭，要是去附近的餐厅吃，和外甥女 AA 制怎么也说不过去。但若是约到下午，我就会带点心来，她只要给我端杯茶水就好。这一定是她打好的如意算盘，茶水肯定也是批发商店卖的那种两升装塑料瓶饮料。

"你坐嘛。"

我听话地走到桌前。

"给你倒茶，你喝热的还是凉的？"

时子在开放式厨房问我。

"欸？嗯，凉的。"

时子用铁壶装了水，原来茶水不是瓶装饮料，而是特意烧水沏成冰饮给我。不仅如此,她还说:"我买了不错的格雷伯爵红茶。"微波炉旁边摆着几种不同的调料瓶,没想到时子在烹饪上还蛮下功夫的。等茶水沏好的时间里,我一面想,一面环视她的房间。

或许因为刚刚搬家,起居室里的家具很少,只能满足生活的最低要求。桌子、椅子、沙发、电视,还有一个小柜子。仅此而已。

但完全不让人觉得寒酸,恰恰相反,沙发是L形的,一看就知道坐上去很舒服,桌子也是四人桌,对独居的人来说绰绰有余。工艺精良,绝不是便宜货。

但还是太热了。我起身走到窗边,掀开黄色的窗帘看了看,里面只有一层蕾丝的窗纱,更难抵挡强烈的日照,阳光像恶魔般向我袭来。不行,还是那面黄色的帘子好一些。

"这么热吗?要不要把空调调低几度?"时子问。

"您平时这样不要紧吗?您是居家办公的吧?"

"嗯,我怕冷,所以完全没问题。工作的时候我也不在这儿,而是在那边的房间。不过大家好像都不喜欢这样。房产商说,很多人讨厌强烈的夕照,所以这套房子不受欢迎。多亏它朝西,还便宜了一点儿。"时子窃笑道。

原来这才是问题的关键。仅仅因为便宜,就买下这样的房子,我实在难以理解。既然房主发了话,我便将空调从二十三摄氏度降到十八摄氏度,走回桌前,茶水已经备好了。

我的细腰玻璃杯里是冰茶,时子的马克杯里是热茶。

"这么热,您还喝热茶吗?"

"我尽量吃喝热乎的东西。平时总是坐着工作,容易发冷。"

时子吹了吹杯子里的茶,很享受地喝了一口。柠檬水果挞被放在一个有波点花纹的餐盘中。

"这个盘子好可爱呀。"

"可爱吧？百元店真棒,简直是购物天堂。这马克杯也是在百元店买的。"

尽管家具看上去价格不菲,但这似乎并不意味着时子的习惯发生了变化。

"你工作忙吗？"时子问。

"嗯,有点儿忙。不过我刚干第二年,虽然忙,却没什么挑战性。我可失落了。"

"是吗？要是有什么烦心事,可以跟我说说呀。"

时子说得很轻松,仿佛倾听我的烦恼是理所应当的,不太像长辈的关怀。我听得着实开心,又为自己的开心而意外,为了掩饰羞怯,我生硬地答道：

"谢谢,但不要紧,我遇到烦心事就去跑步,然后就忘掉了。"

我塞了满嘴的柠檬水果挞。嘴上逞强,其实根本忘不了,我难过得很。

时子停下握着叉子的手,看着我。

"欸？"

"怎么了？"

"美春真厉害呢。了不起,了不起。不会拖拖拉拉,也不会用抱怨来泄愤,而是通过奔跑忘记一切。这样坚强的孩子,要去哪里找啊！"

她的语气中没有嘲讽，也不浮夸。时子坦诚地望着我，一本正经地夸奖道。我的眼睛不由得湿润了，赶忙捧起盛着冰茶的玻璃杯喝了一口。茶水入口清爽，带着淡淡的柑橘香，喝起来舒服极了。

"你是不是失恋了？"

直截了当，一击即中。我一下子被呛住了。在这一点上，她果然还是我熟悉的那个时子——明明可以说得更委婉些啊！

我咳个不停，而时子默默咀嚼着水果挞，语气平淡地继续说道：

"失恋这种事，跑得再远也无法轻易忘怀呀。"

努力压住咳嗽的我再次被她说中，又吃了一惊。

"为什么这么说？"

"因为喜欢一个人的时候，其实是对方自己挤到我们心里的。"

"挤到心里？这是什么意思？"

时子没有回答我的问题，自顾自地说：

"不过，时间是治疗失恋的良药。"

时间是良药。这惯常的说法，引起了我的反感。

"别说得这么轻巧，我讨厌这种敷衍的劝慰——什么总有一天会忘记的、一切都会好的……难过的是现在啊，得想办法让眼前的日子好过。"

时子坐在愤怒的我对面，面无表情地默默吃完最后一口水果挞。我的目光落在有波点花纹的餐盘中。

"……我想尽快忘掉，于是每天都很痛苦。要怎么做才能让这痛苦消失？"

这一回，时子立刻答道：

"很遗憾，痛苦无法消失，你也不必让它消失。它不会消失，而是会慢慢变成别的东西。"

"什么别的东西？"

见我问话时执拗的样子，时子"嘿嘿"地笑了。

"这个人人不同。可能会变成可以让某个人幸福的宝藏，也可能变得丑陋而令人难堪，把自己逼进死胡同。到底会怎样变化，要看你自己了。"

时子喝完马克杯中的茶，爽快地说：

"好了，帮我理个发吧。"

时子从东边的房间搬来穿衣镜，立在起居室的墙边，然后在穿衣镜前放了一把椅子，披上我带来的毛巾和披肩，辟出一片简易的理发空间。

从我读美容学校开始，常有家人或朋友拜托我以这样的方式帮他们理发。但我还是第一次给时子理发。

我解开她的发绳，一边喷水一边用梳子给她梳开头发。一些白发隐约可见。

"您平时不染发吗？"

我刻意不提白头发的事，而是试探着问她有没有想过给头发染色。但时子领会了我的本意，轻轻松松地回答：

"我喜欢白发，白色蛮干净的。想想看，是黑头发自己变成了完全相反的白色哟，而且是如此漂亮的纯白。到底是怎么做到的呢？像下黑白棋似的。随着头发慢慢变白，我有一种逐渐进化成魔女的感觉，很期待呢。"

镜中的时子笑得一脸轻松，我纳闷地望着她的笑容。

我生平头一次觉得，时子生得很美。

时子的头发齐肩，自我有记忆以来，她一直留这种发型。她说留短了就扎不起来，若是留得太长，晾头发又很花时间。听说她三个月去千元理发店理一次发，最近正好到时间了。我用拢子拢起她的头发，一点点给她剪。之前觉得她的头发毛毛糙糙的，没想到实际上没有很多损伤，充满弹性。时子的头发从没烫染过，恐怕也不常受到紫外线的照射，十分自然。

时子大概也不怎么吹头发吧。我将她的头发朝内梳了梳，免得她束起头发时显得发尾太厚。这样一来，即使她平时不怎么打理，头发也不会弯成奇怪的形状，就不会显得蓬松毛糙了。伴着令人心情愉悦的"咔嚓"声，发尖纷纷扬扬地落在地上。

"美春对待头发好温柔呀。"时子说。

我心里一惊，恍惚间想起佐久间来。

他是不是也这样称赞过我？但那也许是因为我平时总是看着他。

佐久间曾对我说过，虽然理发师和客人打交道的时间很短，但我们真正承担的使命绝不止理发那一个瞬间。从客人离开理发店到再次理发的日子里，理发师的手艺能让他们多满意、多愉快地度过每一天，才是干我们这一行的人决一胜负的关键。

佐久间细致且耐心地接待每一位客人，绝不偷懒。他为客人想得很长远，不会只顾着在店里招待客人，还会替客人的未来考虑。他会考虑客人每天的生活习惯、不远的今后要参加什么活动和客人的内心状态。

我总在无意间模仿佐久间为客人打理头发时的动作。稳重、礼貌，以及由内而外散发出的、胸有成竹的自信。我与他的神态重叠在一起。

是的，一定就是这样。佐久间挤进了我的心里。我为此感到自豪。

能认识佐久间太好了，喜欢上他是我的幸运。

虽然想起他为难的表情我还是觉得难过，虽然想到他要和别人结婚我还是想哭，但我仍然这样觉得。

夕阳西下，粗暴的阳光开始变得温柔。披着披肩的时子把空调调高了几度，要我拉开黄色的窗帘。

我慢慢地剪着头发，和时子聊了许多。关于工作，关于儿时和妈妈一起度过的时光。她告诉我，朝东的两间屋子一间用来工作，另一间是卧室。由于这套房子兼有工作室的职能，与客户见面时也会用到起居室。她还想叫朋友来聚会，所以需要好几间居室。

听说时子离婚时就已决定，无论是一直独身还是再婚，今后都要买一套属于自己的房子。

"您下了很大决心吧。就算房价能算得便宜些，毕竟和租房不一样，还贷压力不会很大吗？"

"不会，我是一次性付的全款。"

"欸？！"

时子得意地翘起嘴角：

"我确实是努力攒了很久啊，因为我打定主意独立生活，又决定不贷款。我希望自己今后可以一个人生活，也可以过两个人甚至更多人的生活，无论发生什么都能应付得来。毕竟人不可能永远保持同样的状态，无论是好是坏，无论是自己还是身边的人。"

我手中夹着黑白交织的头发，感叹时子一定接受了许许多多。她不抵抗，也不逃避，为了得到这座"城堡"勤俭节约、拼命工作。

"钱是好东西，我很喜欢。它可以让我自由。劳动能换取金钱，为此我真的很感激。古时候是物物交换嘛，但物品的价值对每个人来说不尽相同。"

"所以您以前才说自己的兴趣是攒钱啊。我那时还以为您是个小气的人呢。"

听了我半开玩笑的话，时子忍俊不禁：

"好吧，我当时是故意耍帅才那么说的。不过我应该不是个小气的人，只不过我买的都是自己真正想要的东西。"

我冷不丁地想起那年夏日祭的刨冰。对血液循环不好又怕冷的时子来说，花三百日元买一碗不想吃的刨冰，肯定是不划算的。但工作用的电脑、软件，放松身体的沙发和这套房子都在她愿意接受的价格范围之内。即使大部分人觉得这些东西价值不菲，但这些正是她真正想要的东西。

"对了，您说这是您'心心念念的朝西的房间'？"我问。

"哦，"时子的表情立刻温柔了许多，"以前结婚的时候，我住的是和现在差不多的房子。是我前夫挑的，他说朝西的房子好。离婚后，有段时间我住回父母家朝南的房子，才发现原来朝西那么好。下午的阳光越是充足，冬天就越暖和。而且，起居室在西边的话，卧室就可以朝东了。早上被阳光叫醒的感觉很好，还可以安安稳稳地干活，特别自在。从风水角度来看，东边的工作运也会提升呢。"

房产杂志里总是说朝南的房子采光最好，大多只强调起居室的方位。这套房子的起居室如果朝南，工作间和卧室就要朝北了。风水什么的我不懂，总之对时子来说，目前的布局是最合适、最好的。她此时温柔的神色下，仿佛还蕴藏着复杂的情绪。于是我明白，时子和前夫之间大概有很多痛苦的回忆，但她对他还是有感情的。

"还有呢，朝西——"

时子话说了一半，突然又陷入了沉默。

"怎么？"

"一会儿再告诉你。"

时子卖了个关子，把话题转到一日三餐上。她说自己喝味噌汤的时候会削些鲣鱼节在里面，还会自己酿梅酒和酱菜。她的这些习惯，妈妈以前从未和我说过。或者说，我不知道这些，仅仅是因为之前对她毫不关心罢了。

"你今天过来，我本想给你做顿午饭的，但最近实在太忙，连买东西的时间都很少。上午还有一个会，我估计要聊到中午之后。不过，自由职业者忙到脱不开身，倒也是件好事。"

"您都这么忙了，要我改天再过来就好了呀。"

"越是又忙又累，才越想见见你啊。上次在德咖伦见面的时候，我不就拜托过你帮我剪头发吗？外甥女实现自己的梦想当了理发师，你知道我有多开心吗？我想，终于等到这一天，能让美春为我理发了。"

她上次有让我帮她剪头发吗？也许有吧，对，她确实说过。

虽然不是故意想要忘记，但我确实忘记了。因为那时候，我根本不知道时子如此为我着想。因为我单方面地认定了"时子就是那样的人"。就像我刚才瞥了一眼朝西的起居室夏天午后的模样，就否定了一整套房子一般。

理完发，时子的头发还没晾干，五点早已过了。

"美春，吃个晚饭再走吧？我来做，我们一起去超市吧。"

"嗯，但饭我也想和您一起做。"

时子满足地笑起来，轻轻拍了拍我的头。虽然没说话，那动作却传递出她的喜悦。看到她的表情，我顿时愿意为她理一万次头发，和她一起做饭、吃饭。原来不光是恋爱对象，喜欢的人也是这样……时子一定会挤进我心里。

我收拾东西时，时子走到了窗边。

"出门之前——"

她边说边打开窗户。

"你过来看看，这就是这套朝西的房子对我来说最大的魅力。"

我将披肩和剪刀放在桌上，走到时子身边向窗外看。

"哇……"

我不由得发出一声长叹。

　　街道已经化为黑色的暗影,但镶着橘红色的边,黄色的光芒袅袅升起。与此同时,被夕阳染红的云朵逐渐变化着色泽,一点点接近无边无际的蓝。向着宇宙延伸的群青色慢慢变成深紫,与浓得化不开的深蓝混合在一起,颜色越来越重。

"朝西,就可以看到这样的风景。"
时子说完,回头看着我,把手伸向前方笑了。

"我啊,买下的是这片天空。"

原来她买下了从这扇窗口望到的天空。
　　我一言不发地伫立在时子身旁,出神地望着眼前的美景。就在我默默欣赏的时候,窗外的色泽仍然在一刻不停地变换。

　　随着时间的流逝,白天还暑热难耐的西方天空竟变得如此美丽。
　　既然如此,我决定不再刻意遗忘,而是静静地等待。
　　总有一天,此刻留在心中的痛苦会变成让某个人幸福的宝藏。

[第二片叶子]

——

票

猫の
お告げは樹の下で

"好臭！"听到这句话时，我想：这一天到底还是来了。

女儿到了青春期，准会把"爸爸好臭"这句话挂在嘴边。从佐月出生那天，不，从得知美惠子怀的是个女孩的那一瞬间，我就做好了心理准备。

这一天，我久违地早早从公司下班。一家三口一起吃晚饭时，我从坐在餐桌前的佐月身边走过，她突然来了这么一句，我浑身一抖，但若无其事地拉开了椅子。

袜子我进门就脱了，就连西装也喷过清新剂挂在了卧室，身上不可能还有中午快餐店油炸食品的味道，去除口臭的糖也没忘记吃。如果身上真的还有臭味，那恐怕就是"老龄臭"了——即使我不想承认。

美惠子告诉我她可能怀孕了的那一年，我四十岁，美惠子三十八岁。说实话，那时候我觉得，就这样和妻子两个人过一辈子也不是不行。独生女佐月背着小学生书包的模样仿佛就在昨天，可转瞬之间，她已经穿上西式校服，一下子变成了初中二年级学生。

"妈妈，都说了这个好臭。"

佐月皱着眉头，指了指桌上的小碗。美惠子端着盛有味噌汤碗的餐盘走来，对她说："这点儿小事就忍一忍吧，这是你爸爸的最爱。"

原来她指的是这个啊——纳豆泡菜。

我险些长舒一口气，却和佐月一样蹙起眉头。

"别抱怨了，你也要吃，对身体有好处哟。"

"不行不行不行不行。"

佐月念咒语般地拒绝了，我默默地将小碗拉到自己面前。

美惠子放下味噌汤，刚要落座，手机就响了。

"啊，店里打来的。你们先吃！"

她手忙脚乱地站起身。"喂，您好。啊，耳环明天交货。欸？胸针的备货也不够了？那我今晚再做一部分胸针……"尖细的嗓音消失在里面的房间。几个月前，她在手工制品店打工时放在店里卖的手作饰品好像广受好评，她继而便接单做起手工饰品来。美惠子本就是个开朗的女人，最近这段时间整个人更加精神饱满了。人气手工创作者真忙碌呀——我一面在心里嘟囔，一面喝着味噌汤。

我和佐月面对面坐在安静的餐桌上，气氛莫名地尴尬起来。

"……那你最近怎么样？"

"什么怎么样？"

我被佐月的大眼睛盯着，没出息地退缩了。得想办法说点儿什么，不能冷场。

"还能有什么，学校生活之类的啊。"

"没什么，普普通通吧。"

普普通通。什么叫普普通通啊？沉默再次降临，我啃黄瓜的声音格外刺耳。佐月开口时，仿佛下定了决心：

"话说……"

"嗯？"

我探出身子。想说什么？无论什么烦恼，爸爸都愿意倾听。

"可以开电视吗？"

"……开吧。"

佐月按着遥控器，找到娱乐节目频道。电视里传来当红艺人的插科打诨和嘈杂的笑声，佐月也跟着轻浮地哈哈笑。这幕情景让我松了口气，也不禁为自己的窝囊而郁闷，发狠地搅动小碗中的食物。我看出了佐月的嫌弃，但还是不管不顾地把纳豆泡菜浇在米饭上，它们满得几乎要溢出来了。

美惠子讲完电话回来，起居室的温度仿佛突然提高了。"小达他啊……"佐月和美惠子聊起她的一个我不认识的朋友。我融不进她们的对话，兴味索然地看着电视。有一搭无一搭地听了一会儿，佐月说的好像不是她的朋友，而是她喜欢的偶像团体"立方体"。这些我就更不懂了，根本和她们聊不起来。

两位女士聊得火热，而我默默地吃着纳豆泡菜。很好吃呢，佐月。吃的就是这个味道。

部长出差了，我代替他到市郊和一位客户碰头。

我在一家小型玻璃制造商做销售。从离家最近的车站出发，这家初次拜访的小镇工厂位于一片安静的住宅区的角落，花起步价就能到。这里比公司离我家近很多，但我对这周围一点儿也不熟悉。

会面结束后，在去车站的路上，我注意到一栋底层拉着卷帘门的商住大楼，上面贴着印有"房屋出租"的纸，胶带的一头打了卷。

我一时兴起，用手指压平了打卷的胶带，把它牢牢固定在卷帘门上。这里好像原本是一家玩具店，褪色的卷帘门上隐约可见"木下塑料模型"这几个斑驳的字。

路过商住大楼，旁边有一条狭窄的小道，道路尽头有一座鸟居，看来那里有一座神社。

我手头没什么急事要办，便漫无目的地朝神社走去。虽然我压根儿没有宗教信仰，但只是进去转转又不要钱。

神社不大，但令人心旷神怡。参拜路两旁的植物被修剪得整整齐齐，地上一样垃圾也没有。神社里冷冷清清的，看样子平时不会有很多人来。

我站在前殿前面，将零钱扔进赛钱箱，摇响铃铛。

——希望我和佐月和睦相处。

我双手合十祈祷。

就在要转身离开前殿的时候，我察觉视线的一角有个东西在动。

是猫。那棵枝繁叶茂的大树下有一张红色的长椅，上面趴着一只黑猫。猫目不转睛地望着我，我也停下脚步回望。不知是不是我的错觉，它好像对我挤出了一个笑容。

不可能吧？猫怎么可能会笑？我自觉好笑，正要往回走，那猫轻巧地从长椅上跳下来，对我举起一只手。"欸？"我不觉叫出声来。哦，"一只手"这个说法太奇怪了。准确地说，是左侧的前爪。印象中这是招财猫的动作，我还是第一次亲眼看到真的猫这样做。我吃惊地站在原地，猫朝那棵大树走去，但目光始终锁定在我身上，像是叫我跟上去似的。我一头雾水地跟在它身后。

我先前以为这是一只纯黑的猫，仔细一瞧才发现，它的肚子和脚尖是白色的，脸上也有一块从额头通到下巴的白，描画出小山的形状。猫围着树灵巧地跑起来，一圈圈地打着转。它的屁股上还有一块白色的斑点，活像一颗小星星。

这是什么树？我抬起头，发现有些叶子背面隐约写着字，"想当视频博主""许愿减肥成功"，等等。与其说是写上去的，不如说是划出来的。我还想多看一会儿，刚一伸手，猫就开始迅猛地绕着树狂飙。

"这……这是怎么了？"

猫不顾我的惊讶，突然稳稳地停下来，左前爪在树上"嗵"地一拍，一片树叶悠然飘落。

猫和我的目光交汇，它抬了抬下巴。我小心翼翼地捡起那片叶子，锯齿状的边缘有些扎手。翻过来一看，我疑惑地歪了头。

票？这是什么意思？什么票？

"喂，这是……"

我竟然蠢到跟猫说话，抬起头却发现猫早已走得远远的了，想追上去也来不及，我只好坐在长椅上，凝视着那片树叶。

这时，一位穿蓝色工作服的中年男人从我身旁路过，除了提着一只塑料袋外，他再没有别的行李，多半是这座神社的神官。他看到我，眯起双眼向我问好。我搭讪道：

"请问——"

"什么事？"

"这座神社养猫吗？"

"不养。"

微胖的神官笑得很富态。他的回答虽然是否定的，表情却好像洞悉了一切。

"您收到神签的叶子了吧。"

"神签？那只猫吗？"

"嗯，竟然能遇到神签，您运气真好。那是大叶冬青的树叶，请您珍惜写在叶子上的启示。"

"启示？'票'就是对我的启示吗？"

我站起身，神官立刻举起塑料袋，似乎想要掩饰什么。

"哎呀，包子要凉了！不好意思，我有点儿急事，先失陪了。"

神官急匆匆地走了。呆若木鸡的我，目送着他胖墩墩的背影。

猫，树叶，神官，一切都带着某种奇妙的色彩。但回公司工作后，我几乎把这些忘得一干二净。今后大概也不会再去那座神社了吧。

晚上十点多，我回到家，佐月和往常一样在自己的房间，美惠子在沙发上看电视剧，餐桌上备好了晚饭。一切和平时没什么不同。

"我给你热一下味噌汤。"

插播广告时,美惠子站了起来。我换好家居服,刚在餐桌前坐下,佐月就轻手轻脚地走了出来。

"……你回来啦。"

"嗯。"

我以为佐月是来拿点心的,可她却戳在餐桌对面,神情中透着几分扭捏。她似乎偷瞄着美惠子,用目光向美惠子求助。

"怎么了?"

我缩了缩身子,美惠子在开放式厨房对佐月说:

"你自己和爸爸好好说。"

我听到了佐月咽口水的声音,不由得也跟着咽了一口口水。

是想要钱?难不成,是交男朋友了?我的心脏一阵狂跳。佐月终于开口了:

"那个,手机……"

什么嘛,竟然是这件事。答案早就定好了嘛。

"不行。不是说过吗,现在买手机太早了。你不是和我保证过,会忍到上高中再说吗?"

"不是的,你听我说——"

"别人都有了——这个理由我已经听腻了。别人是别人,我们家不一样。"

"我说了不是!"佐月摇着头,似乎随时会哭出来。如果现在痛快地答应下来,说不定她的心门会对我多敞开一些。可我不能答应,初中生根本不需要手机。动不动就有媒体报道孩子们因为手机发生纠纷,甚至闹到警察出动的地步。我可不会眼睁睁地看着佐月遭遇危险。就算她讨厌我，觉得我这个做爸爸的顽固不化，我也不能给她买。

"……我想借爸爸的手机用一下。"

"借？为什么？"

佐月颤抖着声音说：

"我想用手机取张门票，拜托了。"

门票。

我不由得屏住了呼吸。佐月满脸通红，开始向我说明事情的原委。

把佐月的话归纳一下，大致是这么一回事：两年前，佐月迷上了偶像团体立方体，但她没有加入粉丝俱乐部，因为没有钱，连专辑都是租来听的。听说立方体演唱会的门票大部分都在粉丝俱乐部的会员手里，公开销售的部分则要靠手速的比拼，放票当天电话一直接不通，两分钟就卖光了。

而这次他们第一批发行的单曲CD中有序列号码，粉丝可以用号码报名参加抽选，被抽中的人能获得两张票。单曲CD价格不高，佐月的零花钱就能负担。于是乎，她也有了碰运气的资格。可是报名需要电子邮箱，抽选结果会以邮件的形式通知。

"用你妈妈的手机报名不就行了？"

"我的手机不是智能机呀。"

美惠子不知什么时候已经坐回沙发上，说话时目光没有离开电视屏幕。好像普通手机和电脑都不能报名，只能用智能机。这抽选系统做得有够无聊。

"两张票，你要和谁一起去呢？"

"如果抽中了，我就找个朋友一起去。喜欢他们的人很多。"

"两个初中生去吗？演唱会结束已经很晚了吧？"

"……那就和妈妈去。"

佐月试探着看了看美惠子。美惠子举起拳头欢呼道："我能去看立方体的演唱会？好幸运——！"

佐月见我不太乐意，突然有些恼羞成怒地说："要是不愿意借，就给我买个智能机吧。"

求别人帮忙的人反而先恼羞成怒了，这算什么啊？我也加重了语气：

"还不知道能不能抽中呢，只是为了报名，就要我给你买智能机？你知道一个手机要多少钱吗？加入粉丝俱乐部比买手机划算得多吧？"

"既然这样，我就加入粉丝俱乐部了？加入的话，需要监护人的允许。"

我一下子卡壳了。没错，禁止她加入粉丝俱乐部的人也是我。佐月噘着嘴，闹起别扭来。

"爸爸总是跟我说'不行不行'，无论什么事都是'不行'。不过是报名抽一张门票，有那么难吗？"

门票……门票啊。我踌躇片刻，下定了决心。

"……好吧，我同意。"

"欸？"

"没问题，就用我的手机给你报名，把你刚才说的那个序列号码给我。"

佐月瞪大了双眼，脸一下子红得像苹果。

"你……你等一等。"

她手忙脚乱地跑回自己的房间。这时，电视剧好像演完了，美惠子揶揄道：

"耕介，今天怎么一下就服软了？"

我犹豫了一下，从西装口袋里拿出那片叶子。

"其实吧，今天有一只猫在神社给了我这个。"

"猫？"

美惠子眨巴着眼睛，接过叶子。

"这上头不是写着'票'吗？据说这是给我的启示。之前我一直不明所以，既然佐月提到了门票，那也许就是这件事吧。"

"哈？"

"就是很巧嘛，收到叶子的当天，佐月就和我说门票的事。"

美惠子定睛望着那片树叶。

"呃，你刚才说，这是谁给你的？"

"猫啊，神社的猫。屁股上有一颗星星，笑眯眯的猫。"

"亲爱的，你没事吧？"美惠子将叶子还给我，认真地询问，"这上头什么字也没有啊。"

"欸？这里不是清清楚楚地……"

"啊——下集预告开始了。别说话别说话！"

原来只有我才能看见叶子上的字吗？怎么会这样？

继输给神官手中的包子之后，我又输给了美惠子看的电视剧预告片，而佐月满面笑容地向我走来。望着她，我仿佛看到了救星。虽然说不清原因，但这一次，我的心愿肯定能实现。我掏出手机。

"我说了需要二维码，屏幕截图不行，不用爸爸的手机就进不去！"

此时此刻，仿佛有个外星人在我面前大哭大叫，我根本听不懂佐月在说什么。

报名参加演唱会两星期后，抽选邮件来了。我没仔细看邮件的内容，告诉佐月抽中之后，她很是兴奋了一阵。可读完邮件，她又不安起来，面有难色地解释了一通，可我听不明白。佐月越说越激动，终于尖着嗓子哭了起来。

我和美惠子轮番上阵，仔细听了半天，才听懂她上面说的"外星话"。

原来演唱会用的是数字票据，手机就相当于门票。

也就是说，不随身携带抽中门票的手机就进不了会场。进场似乎需要通过邮件中的链接获取二维码，员工当场用机器扫描，还要确认来的是本人才能放行。报名时，我老实地填了自己的名字、性别和年龄。

对习惯订票的人来说，这套流程很正常。但看演唱会对佐月来说简直像做梦一般，我和美惠子则将近三十年没看过演唱会了，根本不知道这些要求。我们三人都以为如果被抽中了，就会收到两张纸质门票。

"什么都搞数字化，反而不方便了啊。"

"这样做好像是为了防止转卖。"

美惠子嘟囔着,她用老式手机上网查了数字化门票的有关消息。

"转卖?"

"立方体的演唱会门票原价是八千日元,可之前有人以十万日元的价格转手卖出去了。"

"那就是说,我这部手机现在价值十万日元喽?"

我本想开个小玩笑,可佐月被气得直跺脚:

"就是因为有你这样的人,事情才会变得这么麻烦!"

佐月粗暴地捏着纸巾,大声擤了鼻涕后,忽然抬起头来:

"妈妈,你化妆成爸爸的样子,进场的时候装成男人就行了吧。身份证件可以带没有照片的保险证,戴个帽子,再戴上眼镜和口罩,就没人看得出破绽了。"

"什么嘛,好有趣呀。"

美惠子笑了,而我着了慌。

"等等,所以要让妈妈拿着爸爸的手机去吗?"

"是啊,有什么问题吗?"

"有什么问题吗?"

连美惠子也坏笑着看我。手机里没有见不得人的东西,但交给妻子还是有些别扭。我长叹一口气,答道:

"……好吧。"

"可以借我们手机喽?"

佐月高兴地跳了起来。

"不,不借。我去。"

"欸?"

"我和佐月一起去,去看立方体的演唱会。"

店里放着时下流行的日本歌,亮堂得不像话。摆放新专辑的货架旁边有一台小显示器,放的好像是去年某场演唱会的DVD,穿着暴露的女孩子们在屏幕上活力四射地跳着舞。

我四处张望,找自己要买的CD,看到一个系着黑围裙的男店员在墙上贴海报,便问道:

"不好意思,请问——"

"您好。"

店员敏捷地转过头,脖颈处的发根清清爽爽的,但刘海很长。裹在紧身牛仔裤里的双腿也是修长的,二十岁上下,胸前挂着的名牌上写着"田岛"二字。

"我想找立……立方体的CD。"

我这位五十多岁的颓废大叔甚至不好意思说出时髦的偶像组合的名字,那位名叫田岛的青年却礼貌地笑着点了点头。

"您要找专辑吗?"

"嗯,对……"

"知道专辑的名字吗?"

田岛君问。他的皮肤光滑细嫩,我甚至怀疑他是不是还没长胡子。

"我不太清楚,是女儿——女儿拜托我来买的。好像是要去听他们的演唱会。"

"欸，您女儿真幸运。立方体的演唱会门票，即使加入粉丝俱乐部，买到的概率也很低吧？之前有客人说，买他们的门票就像买彩票。"

"在这边——"田岛君亲切地催促我。他们的票这么难买吗？嗯，或许是吧，毕竟有人能转手卖出十万日元呢。

"他们要举办巨蛋巡演了吧，那就应该是这张专辑。"

田岛君递给我的 CD 封套上有六个男孩子，穿着颜色不同的 T 恤，在一只大的骰子摆件周围露出笑容。

佐月最喜欢的是哪个男孩来着？好像名字里带一个"达"字，这六个人的长相都很温柔，我认不出来。

"有个叫达什么的，是哪一个？"

"小达吗？小达是穿绿衬衫、有虎牙的那个。葛原达彦。"

葛原达彦，人称小达。绿衬衫，虎牙。好，记下了。

"立方体真的很棒，我也喜欢他们。"

"欸，哪里棒？"

"非要让我说，我也答不上来。不过看到立方体，好像就能打起精神呢。他们不光长得帅，人也很有意思。"

这群长得像女娃娃的小伙子……哪里有意思了？田岛君指着小达说：

"我个人觉得，小达表现得很率真。艺人不都会把牙整得漂漂亮亮的吗？小达却以虎牙和其他艺人一较高下，知道自己的魅力在哪里。我觉得他很了不起。"

哦，原来如此。田岛君的分析令我钦佩。

"你要是加入他们，应该也毫不逊色。"

"欸，我吗？不行不行不行不行，我很平庸的，现在正拼死拼活地找工作呢。先告辞啦。"

田岛君轻轻地向我鞠了一躬，走掉了。"不行不行不行不行"——他和佐月的共同语言好像很多。他说自己正在找工作，那就是大学生喽？

我望着田岛君发呆，只见他又开始招呼起其他客人，亲切地接待她们：是两个穿校服的女高中生，笑盈盈的，不时对望一眼彼此，明显对田岛君有好感。

真好呀，我老实地想。

田岛君有一种天生的随和，什么也不用做，就会有人主动走到他身边。无论客人是大叔还是年轻女孩，他大概面对任何人都能和和气气的。佐月要是见到他，两人不知会聊得多开心呢。

这种气场和年轻人特有的耀眼稍有区别。我也年轻过，却一秒钟也没有过田岛君这样的状态。不曾从泡沫经济中得到好处，也不曾感受过夜总会舞厅的狂热。读书时打工做的是配送员，时薪六百五十日元，一直是个不开窍的人，甚至不会和女孩子顺畅地寒暄。田岛君今后成了大叔也一定文雅有趣，假如有了女儿，也会是一个跟得上潮流、能和孩子开心地聊偶像话题的父亲。

我的目光落在手中的 CD 封套上——佐月最喜欢的男孩小达。虽然连面都没见过，但她就是抵挡不住这类男生的诱惑。

我将 CD 塞到书包最下面，回了家。

美惠子好像在里屋做首饰，房门里只传来一声问候："你回来啦——"

来到起居室，佐月刚洗完澡，正在看电视。她坐在沙发上，一边用毛巾擦着头，一边向前倾着身子。原来是立方体上了搞笑艺人主持的娱乐节目。

一个瘦瘦高高的男孩在给搞笑艺人们鼓掌。虎牙——没错，他就是小达。在一群艺人中间，小达做了个鬼脸。"啊哈哈哈哈！"佐月放声大笑。

"……看到立方体，好像就能打起精神呢。"

我一面松开领带，一面尽量不着痕迹地学了田岛君和我说的那句话。佐月夸张地转过头，瞪大了双眼。我继续往下说：

"不光长得帅，人也很有意思。"

"欸——？"

佐月一歪头，不好意思地笑了。不好意思个什么劲啊！

"爸爸，你知道立方体那几个人啊？"

"哦，嗯……算是知道吧。这个叫小达的，很不错嘛，以虎牙和别人一较高下，很率真啊。"

"真的吗?!"

佐月猛地起身，刚要扑进我怀里，电视里传来小达的声音，她又马上坐了回去，死死地盯着屏幕。她的这一点和美惠子如出一辙。等到切入广告，她终于转过脸来：

"没想到，爸爸竟然也看好小达。有眼光。"

"是吧？"

我怎么也抑制不住脸上的笑意。听说要和我一起去演唱会的时候，佐月明显很失望。那态度让我有些受伤，可临睡前，她又乖乖地走过来对我鞠了一躬，对我说："演唱会请多多关照。"那一刻我相信，这场演唱会会加深我与女儿的羁绊，会成为佐月最宝贵的、长大后也会常常记起的回忆。

"小达真好呀。"

"是啊。"我应和着佐月满足的感叹。我没有更多有关小达的消息了，于是老实地问女儿：

"小达今年多大？"

"十九。"

"真年轻啊。"

"但他十岁左右就加入事务所了，做艺人已经很有经验啦。"

啊，对话继续下去了。这父女之间和睦的气氛多好呀。就在我惬意地享受这段时光的时候，佐月突然蹦出这么一句：

"……我想结婚。"

"哈？"

我大惊失色地看着佐月，她把手指插在湿漉漉的头发里微笑着。

"你结……结什么婚……"

"真的，和小达结婚，是我的梦想。"

佐月开心地把脸埋在毛巾里，仿佛已经和对方约好了似的。她穿着睡衣，露出肩膀处的弧线和白皙的脖颈。一股莫名的、有些像愤怒的不安化为滚滚黑烟，填满了我的心。

"不行，你还是个初中生，胡说些什么？"

我没想到自己的声音这么大。佐月从毛巾中抬起脸，敛去了所有表情。

"结婚可不是那么容易的事，别说得那么轻描淡写。你连见都没见过他，人家对你可是一无所知啊。就算去了演唱会，你也不过是大山里的一粒沙！"

我眼看着佐月扭歪了脸。她撇着嘴，默默地站起来，紧紧攥住毛巾，回了自己的房间。而美惠子从里屋走了出来。

"啊——眼睛都要睁不开了。"

美惠子走进厨房，在马克杯中放了一只茶包。佐月用力的关门声就在这时响起。

"怎么了？"

"不知道。她竟然说要和小达结婚。"

"欸——？难以置信！"

美惠子忍俊不禁。

"对吧？这孩子是不是傻啊？"

终于有了同盟，我踏实地笑了。美惠子却边从暖壶中往杯子里倒热水边说：

"不不不，我笑话的是为了这点儿小事真正动怒的你。"

……这算什么事啊？

美惠子的话像是在说：你才是真正的傻瓜。我愤然攥紧了电视遥控器，美惠子哼着歌，端着杯子回了里屋。

我噼噼啪啪地换着台，电视里播着结婚杂志的广告，身披婚纱的年轻女演员从空中飞过，简直像对我的追讨。关掉电视，寂静涌来，我成了被孤立的人，仿佛被整个世界抛弃了。

  那之后的几天，我和佐月一直很尴尬。反正父亲和女儿即使无话可说，对生活也没有什么影响。
  明天就要去演唱会了，我决定再去那座神社一趟。说不定那只叫神签的猫，又会给我什么启示。总之我刻意给自己找了个理由，去拜访了小镇工厂，结束后顺路跨入了神社。
  票。第一关我过了，抽到演唱会门票后，我和佐月的距离似乎拉近了一些。好不容易才有的好氛围，却又被我打破了。是佐月不好，谁让她说什么结婚的。不，也许是我不够成熟？
  所以，我需要下一个启示。要怎样做才能化解和佐月的隔阂？
  我走遍了神社的每一个角落，怎么都找不到猫。参拜的时候，也试着大声摇响铃铛，可神签没有出现。
  我坐在长椅上望着神签给的那片叶子时，那位神官从旁边路过。今天他手里没有塑料袋，而是拿了一只脚凳。
  "不好意思——"
  我从长椅上起身向他打招呼，神官认出我，对我笑了笑：
  "啊，您好。您之前来过吧？"
  "请问……那只猫，我能见见神签吗？"
  "这个我不清楚欸。您找神签有事？"
  "上次它给我的启示，我照着做了，现在想知道接下来要怎么办。"

神官一歪头,我听到"咔嚓"一声。

"启示真的结束了吗?"

"结束?"

"嗯,"他沉稳地点头,"您真的灵活运用它了吗?如果只是照着启示的内容办事,没得到理想的结果就进一步寻求帮助,这其实是一种怠慢。"

神官的建议很严肃,我却不觉得他在说教,反而认为他一语中的。

"社务所的灯泡坏了,我失陪啦。"

神官举起手里的脚凳,匆匆忙忙地走了。看来,今天的我输给了灯泡。

来到车站,过闸机口的时候,我被拦下了。交通卡里的余额几乎用光了,我完全忘记了这件事。

我将卡片和钞票放进自动售票机,目光忽然停留在显示屏的英文上。

TICKET。

票。

……对啊,车票也是票。

我茫然地等待充值结束,然后刷卡进站。很快来了一辆电车,乘客稀稀拉拉的,我在四人一组的座位上找了个位置坐下。窗外不熟悉的风景让我觉得自己好像在旅行。

我从包里拿出便携式CD机。这是大概十五年前,公司开联欢会的时候做游戏拿到的奖品,我偶尔拿出来用一用。装上电池,机器轻松地转动起来。性能优秀。假如机械文明停止在盛产 CD 机的年代，也没什么不好。就算智能手机的功能再多，用上三年也不得不换新。最重要的是机器更新换代的速度太快，人倒被机器甩得越来越远。

我戴上耳机，坐在对面的男高中生稀罕地看着我的 CD 机。这帮孩子，大概根本无法想象从前那个随身携带好几张 CD 的年代吧。我无视他肆无忌惮的目光，按下播放键。机器里放的，自然是立方体的专辑。

门票，车票。望着飞驰而过的陌生街景，我陷入了沉思。

一家人就像在行驶的电车上同行的乘客。一开始大家乘坐同一班车，不知不觉间，车开到换乘站，孩子去了别的地方。尽管他们上一刻还坐在你身旁，和你欣赏着同一片风景，在摇晃的车厢里聊着总也说不完的话。

但我自己也是一样，时候到了，便自然而然地随着自己的意志离开父母，换乘别的电车。然后遇到了美惠子，和她乘上同一班车……佐月半途上车了。而佐月也有她自己的车票。

我是从什么时候开始，反对每一件佐月要做的事的呢？或许，我害怕佐月内心萌芽的自我意识。她好像就要离开我，去一个我看不到的地方了。一想到这个，我就担心得不行。

然而，父母与孩子不可能永远乘坐同一辆电车。既然如此，当车开到换乘站，孩子起身的时候，父母也许只能目送他的背影，相信他能顺利地乘上下一趟车。

是爱，转动了地球，

这是你，教会我的呀！

立方体的歌声高亢。这句歌词在副歌部分不断重复，结尾的字咬得很重。
"这是你教会我，的呀——！"
男高中生吃惊地抬头看我，看来我下意识地跟着唱了出来。电车恰好停在换乘站，我匆忙站起身来。

进家门的时候，美惠子正在做饭团。佐月大概在自己的房间，盛味噌汤的碗还扣在餐桌上。
"怎么回事？"
"佐月把自己关在房间里不出来，说不吃晚饭了。做饭团的话，她半夜饿了还可以吃。"
"她不舒服吗？"
美惠子将饭团装进盘子，盖上保鲜膜。
"她说不去演唱会了。"
"为什么？！"
看来她到底是不想和我去啊。火辣辣的焦躁和悲伤向我涌来。美惠子淡然地补充道：
"说是被曝光正在热恋中。小达和跟他一起演电视剧的女演员日垣芽衣——是芽衣哟——两个人牵手的画面被周刊杂志拍到了。特意挑临近演唱会的日子爆出来，实在恶劣。小达和粉丝都挺可怜的。"

不过是牵个手，就热恋了……？

美惠子的话还没说完，我就朝佐月的房间走去。房门被关得严严实实，从里面上了锁。

"喂，佐月，佐月！"

我用力敲门，里面却没有反应。

"你让她静一静吧。"

美惠子走过来，手轻轻搭在我的手腕上。我没有理会，继续敲门。

"你不是要和小达结婚吗？佐月很可爱，比那个叫芽衣的可爱多了！别认输啊，至少要小达看到你才行吧？"

房间里寂静无声，美惠子从我的手腕上抽回手去。我大喊：

"你的梦想就这么不堪一击吗？如果是真心的，就该把芽衣和爸爸都踹到一边，努力去实现！"

"咔嚓"一声，门把手转了一圈，门开了一条小缝，哭得双眼红肿的佐月露出脸来。

"……"

"……"

佐月垂着头，站着不动。看到她的表情后，我也一下子什么话都说不出了。我们面对面站着，谁也不说话。美惠子满不在乎地说：

"要吃饭团吗？加了金枪鱼蛋黄酱哟。"

佐月闷闷地点了下头，走出房间，飞快地和我对视了一眼，微微翘了翘嘴角。只是这样一个小动作，我的心便豁然开朗。

佐月好棒，这么快就听了爸爸的话。爸爸被你刚才的笑容折服，整个人好像闯进了一片花田呢。

　　佐月把两只饭团吃得精光,又将平时的晚餐一扫而光,然后去洗澡了。洗碗时,美惠子隔着吧台对我说:
　　"我啊,做了个决定。"
　　"嗯?"
　　转过脸,美惠子有些调皮地回望我。
　　"如果有下辈子,我要当你的女儿。要你给我浓到化不开的爱。"
　　这是什么话?听上去就像我不爱美惠子似的。虽然我没把对她的爱挂在嘴边,可我也有尽力去……美惠子放声大笑,也不知道她是怎么理解此刻说不出话的我的。
　　"看着你和佐月那样相处,多有意思啊。不过这辈子我做你的老婆就满足了,今后也请多关照!"
　　"吱"的一声,美惠子关掉水龙头,歪了歪头。
　　我才要说请多关照。但愿我们夫妻这辈子能一直共乘一辆电车。

　　第二天出门前,美惠子兴高采烈地递给我们两只手环。佐月立刻"哇"地欢呼着接过来。
　　"好棒啊,六个人的应援色都有了。妈妈,这是你做的?"
　　用彩色珠子编成的手环上,还有一只小骰子。说起来,专辑封套上也有一只骰子摆件。
　　"立方体的粉丝叫'骰子'对吧?"美惠子说。

不知道她是在哪里查到的信息。原来如此，骰子是六面体啊。

"对对，说得很对。不愧是妈妈！这个超可爱，肯定能大卖！"

佐月欢蹦乱跳地把其中一只手环给了我。

"你要卖吗？"

"不是啦，是要你戴上啊，凑成一对。"

"欸，我要戴这个吗？"

美惠子不由分说地拿过手环，系在了我的手上。

"两只骰子做好了——一路顺风！"

到了会场门口，机器验证完手机出示的二维码，立即打出两张账单似的纸。

"好的，两位客人对吧。"

员工将那两张纸递给我，上面写着座位号。我将其中的一张递给佐月。

"呼——"佐月和我都长吁了一口气。有没有忘带手机？手机的电充好了吗？别把手机弄掉了、弄湿了、弄丢了。从走出家门到抵达会场的路上，佐月一直喋喋不休。连我也开始担心了——手机会不会突然在某个地方出问题？到了会场，能不能顺利出示二维码？这门票对心脏太不友好了，下次可饶了我吧。现在，摸着这张薄薄的纸，我们感到的唯有安心。

座位在普通区往前第二排的位置，舞台仿佛在遥远的天边，就算有人站在台上，看上去也只有小拇指大。别说让小达看见我了，就连我也压根儿看不见小达的脸。

我在往座位走的途中才意识到，即使如此，我们的位置已经算是靠前的了。环顾整个观众席，三层的座席上也挤满了人。

"这演唱会，有多少观众？"

"大概五万五千人吧……我去个厕所。"

佐月伴着一阵窸窸窣窣的声音站了起来。

"你能行吗？会场这么大，有五万五千人呢。找得回来吗？"

听到我担忧的问话，佐月有片刻停下了动作，无奈地看着我：

"我拿着票呢，没关系的。我身旁的人只可能是爸爸呀。"

我神色一凛。

这句话在我心中回响，如风铃般甜美而清凉。佐月的这句话对我来说似乎非常重要。

她跨过我的双膝，不停地小声说着"不好意思"，从其他观众前面走过去。我目送着她离开的身影。

我们的座位独一无二，身旁的位置必定是对方。这张票，是命运赐给我们的。不要紧，佐月会在这广阔的天地自在地翱翔，该回来的时候一定会回到我身边。

大概半小时后，佐月回来了："厕所人好多啊。"说话间，她坐了下来。幸好赶在开场前回来了——我还未开口，佐月忽然把手伸了过来：

"喏，这个给你。"

是一支荧光棒。我望着佐月，她的小脸红彤彤的。

"进场前看演唱会周边的时候，我怕来不及排队就放弃了。荧光棒是在场内买的……这是我的回礼。谢谢爸爸，带我来看立方体的演唱会。"

"……哦，嗯。"

本来就没钱，干吗还要操这个心。我咬紧牙关，把快要落下的泪水逼了回去。打开开关，佐月的"礼物"闪烁着六种颜色的光。

不多久，舞台的灯光熄灭，场上立刻响起排山倒海的尖叫声。演唱会要开始了。爆炸般的前奏响起，灯光亮起的时候，六名成员同时现身，开始唱歌。

是爱，转动了地球，
这是你，教会我的呀！

在"的呀——！"的部分举起攥着荧光棒的右手，好像是大家约定俗成的规矩，不知道是谁定下的。我学着周围歌迷的样子，边唱边挥舞荧光棒。佐月瞪大眼睛看我，那表情像是在说：你怎么会唱？我得意地挥动着攥紧荧光棒的手，身边是佐月的合唱声。

小达今年十九岁。

我十九岁的时候，在做什么呢？

十九岁的我，还什么都不放在心上吧。舞台上的那几个孩子恐怕从小学起，就在一群莫名其妙的大人中间接受歌舞特训了。然后经过一轮又一轮的筛选，从无数人中留了下来……他们一定也遇到过许多讨厌的事，如今却笑得如此灿烂，毫不畏惧、坦坦荡荡，给这么多的人带来欢乐。不愧为职业艺人。

小达好厉害，立方体好厉害。

唱了不知道多少首歌后，他们利用主持人串场的时间换了演出服，浑身大汗地边唱边跳。对我来说，大屏幕上映出的小达也一样帅得令我怦然心动。起初我一直看着大屏幕，但渐渐意识到真人虽然离得远，但实实在在地就在舞台上，不看太可惜了，于是从半途开始将目光集中在小达本人身上。大屏幕和电视没有区别。没错，这类演唱会，之后不是都会出 DVD 吗？这 DVD 就由爸爸送给佐月做礼物吧，当作今天的回礼。

曲调变换，成员们各自登上了小小的移动舞台（佐月说，那舞台好像就叫骰子）。

"啊，来了！"

佐月大声欢呼，骰子开始慢慢地在摇滚区和普通区之间旋转。

"喂，喂，要从这前面路过了。好近好近好近，说不定他能看到我！"

佐月兴奋得小脸直抖。我也知道很近，不过观众这么多，恐怕小达记不住具体的某个人。

话虽如此，现在的距离至少能看清他们的脸了，我原以为他们会一直站在大舞台上，看来演唱会还是值得看的。闪闪发光的骰子越来越近，向四面八方挥手的小达越来越高大。

载着小达的骰子，从我们面前经过。

咦？

……小达和我的目光相遇了。

欸？和我？他刚刚看我了对吧？他脸上也闪过了一丝讶异对吧？

小……

"小达！小达——小达——！！！"

我放声大喊，使出浑身解数挥手。虽然只有短暂的一瞬，小达莞尔一笑，合着节拍对准我和佐月，向我们挥了挥手。我绝对没有看错。

"啊啊啊啊啊——"佐月尖叫不止。小达很快便走远了，他继续对粉丝们挥手。

他挥洒着汗水和爱，一对虎牙令他的笑容更加灿烂。

"所以说，多亏有我，小达才往我们这边看了。"

"……爸爸，你已经说了七遍了。"

回家路上，我们在电车里并排坐着，参加演唱会的兴奋仍未从我身上冷却。在一群年轻女孩之中，我这样的大叔大概很扎眼吧。而这让我们成功地得到了"粉福"。所谓"粉福",就是"粉丝福利"的简称——我记住了。情绪高涨的我,真想立刻把这些告诉美惠子。

"要不要给妈妈买点儿什么伴手礼?冰激凌之类的?"

"欸——?"佐月听了忍俊不禁,"妈妈不是高高兴兴地去和朋友喝酒了吗?可能还没回家吧。"

"……是吗?"

好吧,无所谓了。我若无其事地跷起二郎腿,佐月安静地靠在座椅上。

"啊,小达真的在现场。终于见到他了……"

她陶醉地闭上双眼,眼角闪着湿润的光。

是啊,确实啊,佐月。好开心啊。之前我说"你连见都没见过他",真是对不起啦。爸爸差点忘记了,我以前也和你一样。

知道妈妈的肚子里有了你之后,我曾经那样期待与你的相见,喜欢你喜欢得不行,即使那时候,我根本还没见过你。

载着我们的电车晃荡着。

佐月睡着了,脑袋"咚"地歪倒在我的肩上。

请再给我一点点、一点点时间,让我久久地扛起这甜蜜的负担。

"吱——"刹车声如信号般响起,电车停了,佐月睁开眼。绑在我们手上的那对骰子摇摇晃晃。

[第三片叶子]

—

点

猫の
お告げは樹の下で

是欲望让人类学会了用双脚行走，龙三说。我们的祖先以前是用四条腿走路的，对食物的欲望让祖先伸出前爪，前爪慢慢进化成手，不知不觉间，他们学会了只用两条腿走路。

　　所以啊，慎，欲望能化不可能为可能，你想要的东西可以再多一些。那样的话，你会比现在能干许多。

　　龙三口若悬河、热情澎湃地说着，而在他身旁的我开始思考：现在的我，到底想要什么呢？

　　我很快便有了答案。如果告诉龙三，恐怕又要被他说教，所以我选择沉默。

　　我想要什么呢？

　　我想要"想要的东西"。

　　"我是来自Ｓ大学经济学部的田岛慎，请多关照。"

同样的寒暄，我不知已经重复了多少次。撑着脸的面试官看了看简历，又看了看我。那表情像是在说：这些学生长得都差不多，我已经看腻了。

应聘原因、自我介绍，无论面哪家公司都是同一套内容，我已经彻底没了紧张感。也许真正厌倦了的人是我。金融，制造，出版，IT，保险……只要搜到有公司在做校园招聘，我就递上简历，已经不知道递了多少次了。到目前为止，大概有二十家了吧。参加的说明会和面试越多，我越是觉得哪里都一个样。尽管在网上一搜就能搜到很多相关的面试信息，但过多的信息反而让我搞不清楚到底什么最重要了。

呃，今天面的是哪家来着？对了，是印刷公司。面试四人一组，我被安排坐在最靠边的位置，每个问题都要第一个回答，实在痛苦。

面试官问大家目前在打什么工，我回答"在CD店打工"，三人中坐在中间的那位打着竖条纹领带的面试官有些忍俊不禁。

"欸，平时有客人来吗？"

"嗯，还行吧。"

我也笑着回答他。他这样问肯定不是出于对我的好奇，不过是想了解一下CD店日薄西山的境况罢了。如果从这里展开话题，或多或少能起到自我宣传的作用，但也说不出更多东西。于是我选择闭口不言。

找工作是我经历的第一道"选择难关"，我必须自己选择公司，还要同时被公司选中。

在此之前，无论什么事都有人帮我做好决定，我只是随波逐流地成长。小学五年级时，妈妈拿来一本私立初中的小册子："这所学校应该很适合你。"我没提出什么异议，顺从地上了补习班，然后考试、入学。学校的教学水平一般，只要稍微用功一些、懂礼貌一些、多交点儿学费，就能从初中一路顺利地直升大学。

大学选专业的时候，父亲说经济学是"万金油"，我就听话地选了经济学部。事后，我没有为此庆幸，也没有一丝一毫的后悔。现在打的这份工也一样。一年前，朋友突然要离职，店家要他尽快找个人来补空，他便拜托我去帮忙。我对其他的工作没有特别感兴趣，也不反感在 CD 店工作，就答应下来，一直干到了今天。

如果毕业求职也能像以前那样，由别人替我做决定就好了：来吧，田岛慎，从四月开始，你就来这里上班，我给你找了个还不错的地方——如果有这样的人出现就好了。想来想去，这或许就是我想要的。

见我只是含糊地笑笑，面试官便转而向我旁边的学生提问。这场面试也就到此结束。这之后，我一直面带浅浅的笑容，和折叠椅融为一体，像一尊石像般僵坐到散场。

"……祝愿您日后大展宏图。"

打工休息时收到了祝福邮件，也就是面试未通过的意思。尽管如此，我也不觉得有多失落。哎，我早知道八成没戏。不知是谁在我进屋之前吃了方便面，办公室里飘着一股泡面的味道。

我关掉邮件，正吃着打工路上买的赛百味三明治，门猛地被人推开了。

"嗨，辛苦了。"

龙三拎着塑料袋走进来，一双间距略宽的小眼睛看见我，露出一个灿烂的笑容。厚厚的嘴唇弯出一个诡异的弧度。

不过，他这人实在是脑子缺根筋。一年前第一次见面时，我还以为他烫发失败了，后来才知道他是自来卷，那天不过是睡醒后没把头发梳顺。他那条膝盖处破破烂烂的牛仔裤不是什么时髦款式，而是只此一条，穿得太旧导致的。他在椅子上盘腿坐下，就会露出一双破了洞的、已经脏得看不出原本颜色了的运动鞋。

"今天我的午饭可丰盛了。"

龙三从塑料袋里掏出烤肉便当和两只寿司卷。他的午餐经常是蔬菜面包，这次的确称得上奢华。他拿起一只寿司卷，试探性地让了让我：

"你也来一只吗？"

"不，我就算了。"

标签上的保质期是到前天。除了CD店，龙三还要打很多份工，其中之一是便利店。身为二十五岁的无业游民，他的营养基本靠这些卖不完要扔掉的商品支撑。龙三一边嚼着烤肉，一边摆弄手机，打开视频网站给我看。

"我让他们上传了上周的演出。"

别看他这样，却组了一支业余的摇滚乐队。四位队员都是男生，龙三是电吉他手，乐队的歌好像都是龙三写的。我对摇滚没有特别喜欢，但第一次和他一起当班那天，他要我买票，我拒绝不了，只好去听了一场他们的演出。其他店员好像都能顺利地避开，我因此博得了大家的同情。

但来到演出现场，我大吃一惊。弹吉他的龙三闪闪发光，和平时判若两人。龙三抱着吉他弹拨，演奏时摇晃着身体，跳来跳去，像在跳舞似的。仿佛吉他也有了生命，甜美的音色热情洋溢，令我有些手脚发麻。

舞台上的龙三如此生动活泼，大概不只是受到灯光的影响。我直觉龙三身上或许蕴藏着某种了不得的力量。

演出结束后，我老实地说出自己的感想，龙三紧紧地搂住我大喊："挚友啊！"害我摔了个跟头。不过从那之后，只要龙三有演出，我都会积极地去看。

"上次也感谢你来，代我向你的女友问好。她是叫爱梨吧？"

"啊，我们分手了。"

"是吗？"龙三抻长了脖子，好像相当吃惊。我和女友正是看完龙三的演出后，在回家的路上分手的。

"为什么？"

"我也不知道，总之是我被她甩了。"

"……欸？是吗？你们看上去挺恩爱的啊。"

我又含糊地笑了笑。我们确实恩爱，连吵架都没有过。我从未否定过她，她拜托我做的事，我都忠实地遵守了承诺。但不知道为什么，我在恋爱中总是被甩，爱梨不是第一个这样对我的人。每次都是女生主动告白，我接受后开始交往，发展到一定程度后，女生又主动离我而去。"我们也许不太合适"——每次都是这种莫名其妙的分手理由。

"我喜欢你的长相,我们也聊得来,但交往后发现你和我想象中的不一样。"——还有人这样说过。谁管你啊——我虽然这样想,却不能发火。总之,我这人大概很无聊吧。

视频网站上的龙三弹吉他的样子,仿佛在和吉他调情。主唱明显比他帅气许多,但龙三的存在感是压倒性的,完全盖过了主唱。

"会弹吉他真好啊。"我嘟囔道。

"你对吉他有兴趣?"

龙三吃着便当,抬起头来。我回答"是",但这个答案真假参半。我并不想学吉他,只是希望自己也有一样着迷不已的东西。

"那要不要去我家看看?家里有一把木吉他,可以借给你。"

糟了,龙三的眼睛闪闪发亮。

"呃……这样不好吧。"

"没关系,没关系!有兴趣就是一切的开始。好事不宜迟!"

不,这也不算什么好事……我还在找理由拒绝,龙三已经撕下一张电话旁边的便笺,用圆珠笔流利地画起地图来。

两天后的下午,我和龙三都不当班。我在离CD店两站地的车站下车。

龙三画给我的地图在地标和比例方面都无可挑剔,找到他公寓的时间比我预想的快了太多,可要提前三十分钟去按人家的门铃,我实在过意不去。

这是一片纯粹的住宅区,似乎没有能打发时间的店。我环视四周,看到一个老爷爷从对面走来。

老爷爷的眉毛乱蓬蓬的,他在一栋仿佛随时都会坍塌的商住大楼前停下来,双手背在身后,用力伸了个懒腰。大楼一层的卷帘门垂着,之前可能是某家店铺,挂在外面的招牌上隐约可见飞机的标志。卷帘门有点儿脏,门上那张写有"房屋出租"的纸像是已经贴了一百多年。老爷爷一动不动地站在大楼前,什么也不做,只是盯着那四个大字。

他好闲啊,我想。可以晃晃悠悠地出门散步,仔细端详映入眼帘的东西,沉浸在思索之中,悠闲自在地度过每一天。活到这把年纪,人生中该做的选择大抵都已经结束,他肯定不需要再做任何决定了。

而我日后还要决定在哪家公司一直工作下去,决定结婚对象,决定住所,如果有了小孩还要为他取名字,为孩子选定未来的发展方向……啊,光是想想就要疯了。这么多件重要的事,怎能都交到我的手上?

这位老爷爷需要决定的,顶多是早上起床后去哪里散步吧?该做的事他都已做完,如今正在悠闲地享受余生。真好啊,我也想尽快过上这样的生活。

我偶然朝公寓和商住大楼之间一瞥,发现那里有一条小路。

路的尽头有一座石头建的鸟居,原来那边有一座神社。眼下离约定的时间还早,于是我径自沿那条小路走了过去。

这是一座毫无亮点可言的小神社,穿过鸟居走上十米,就到了赛钱箱前头。我从钱包里取出一枚五日元硬币,是因为想起妈妈以前常说"祈祷良缘",她投进赛钱箱里的一定是五日元硬币。[1]

我投下的五日元硬币发出轻巧的碰撞声,被赛钱箱吞进肚中。我

---

[1] 在日语中,"五日元"的发音和"良缘"相同,所以有不少人参拜神社时投五日元硬币作为香火钱。

"哐啷啷"地摇响铃铛,双手合十,闭上眼睛。

希望我早日找到工作,去哪家公司都行。

最好是一家薪水可观、工作轻松、休假多、加班少、不用调职的公司,让我愿意一直干到退休——拜托了。除此以外,我别无所求。

我轻轻低头行礼,睁开双眼。

前殿左侧有一棵大树,树下有一张红色的长椅。在这里玩一会儿手机,应该能打发时间。我在长椅上坐下来,掏出手机。

就在这时,突然有一个黑乎乎的东西"唰"地从我脚边蹿了过去。我被吓了一跳,猛地站起来,那家伙却轻巧地跳上长椅,取代了我的位置。是一只猫。

"吓死我了⋯⋯"

我喘着粗气坐回去,猫紧盯着我。它金色的双瞳仿佛带着意志,身体漆黑,鼻子四周到喉咙的部分是一块白色的三角区,活像职业摔角手的面罩。它怎么了?有什么话想对我说吗?

我们四目相对,猫猛地一扬下巴,仿佛在示意我向上看。

我抬起头,树枝和绿叶撑了满眼。一些叶子的背面写着字。我摸了摸离得最近的那片叶子,仔细辨认,上面写着"想住在夏威夷",字仿佛是划在叶片上的。

这是什么?七夕的纸条吗?[1]

---

[1] 在日本,阳历七月七日为七夕节。人们会在彩色纸条上写下愿望,挂在竹叶上祈求愿望成真。

"是要我在这上面写下愿望吗?"

我不可能和猫说话,只是不自觉地说出了声音。没想到,猫"咚"地从长椅上跳了下来,面对着我咧开了嘴。它笑了?我没养过猫,可猫应该不会笑吧?我在手机搜索界面输入"猫笑",刚要按下搜索键,猫忽然绕着大树,飞快地跑了起来。这又是在做什么啊?

我目瞪口呆地望着这只猫,它弯着柔软的黑色身子一圈圈地奔跑,然后戛然而止,左脚在树上"啪"地一拍,像是在说"就在这儿"。虽然是黑猫,脚却是白色的呢——我正望着它愣怔,一片叶子飘飘然落在树根上,我将它捡了起来。

点?

这是什么意思?还有,这叶子是怎么回事?

我拿着叶子抬起头,猫已经从树下离开,尾巴慢悠悠地左右摇晃着从前殿旁边经过,向神社深处走去,屁股上有一块星星形状的白斑。奇怪的猫。刚才真应该给它拍张照。

先把这件莫名其妙的事发到推特[1]上去吧。我左手拿着叶子,右手点开手机相机。

"咦?"

我放下手机,仔细端详那片叶子。没错,上面确实写着"点"字。

---

[1] 推特:美国社交媒体及微博客服务网站。

我再次把摄像头拿到叶子上面,注视着手机屏幕。

……奇怪。

不知道为什么,通过摄像头就看不到"点"的字样。我试着按下快门,拍下的照片里果然也没有这个字。

这是怎么回事?很瘆人,可又怪神奇的。就在我感到毛骨悚然的时候,身后似乎传来一阵"沙沙"声,吓得我跳了起来。

我战战兢兢地回过头,只见一位微胖的大叔蹲在赛钱箱后面,伸长了胳膊,大概是在捡掉在地上的零钱吧。光天化日之下,竟有如此大胆的小偷对赛钱箱下手。趁其不备,我悄悄地将手机摄像头对准了他。无论是否要把他带到警察局,都应该告诉神社的工作人员。

但这样做了,说不定就会遭到谴责:"你为什么在一旁看着,不阻止他呢?"就在我迟疑的时候,大叔站起身,将捡起来的零钱全都放进赛钱箱。

看来他不是小偷喽?刚才怀疑他是我不好。

"您好。"看到我,大叔露出一个和蔼的笑容。他穿着蓝色的工作服,似乎是神社的工作人员。嗯,在神社负责除祟的人,叫什么来着?

"您是……住持吗?"

"哈哈哈!"穿工作服的大叔开口大笑,"不,这里是神社,信的是神道教,我是神职。寺院的僧人才叫住持。"

"神职……"

我重复着这个不熟悉的词,而"神职先生"沉稳地说:

"神道教的职位,简称神职。我以神职自居,不过很多人叫我神官、宫司等。"

"神官和宫司,有什么区别吗?"

"只是统称和具体职责的区别。如果把神社比喻成公司,神官就是'公司的全体员工',宫司则是'社长'。"

"欸——!原来您是社长!"

社长宫司看到我的反应,快活地摇晃着身子。

"我生在神社,长在神社,所以继承了父亲的衣钵。"

如此说来,这个人的运气一直很好,属于生下来就知道自己今后要做什么的类型。这样一份工作,对我来说至为理想——只要工作内容我不很反感就行,身边的人也会为我开心。我父亲为什么是一位公务员呢?

"宫司这份工作,要求很高吗?赚钱吗?"

"像我们这种小神社,杂活比较多,大概没有大家想象的那么难维持。只不过,宫司这个职位和钱似乎没什么缘分,我认识很多光做神职养活不了自己,还要做副业的人。"

"欸——!"

"我自己也是一样,直到三年前都在中餐店打工。我做的炒饭很好吃哟。"

宫司做了一个颠炒锅的动作。身为宫司,还可以在中餐店兼职,没想到神社的工作如此自由。

啊,对了。我有问题要问来着——我将手里的树叶递给他。

"请问,这叶子,是怎么回事?"

"哦——"宫司轻叹一声,意味深长地看着我说,"这个啊,是大叶冬青的树叶。"

大叶冬青。我用手机一搜——有了有了有了，图像、说明文字乃至相关博客都有，甚至有购物链接。信息太多，我简直不知该先看哪个。索性先点开了一个好像植物百科的网站。大叶冬青的叶子受伤后会留下褐色的印记，因此古时候好像有人用它的叶子抄写经文、传递信息。大叶冬青是常绿树木。原来如此。

官司见我阅读有关大叶冬青的文章，便也凑到手机屏幕前看了一会儿，落落大方地说：

"真方便啊，手机比我懂得多多了。"

我一惊，慌忙放下手机。和人讲话讲到一半，就自顾自地用手机查起东西来，我太不礼貌了。

"不……不好意思。"

"没事没事。"

想来，我真正好奇的不是植物百科的内容。我再一次把叶子递给面带爽朗笑容的官司。

"刚才有一只奇怪的猫跑出来，从那棵树上弄掉了这片叶子。叶子上的字用相机照不出来。"

"对吧？在我眼里，这上面也没有任何文字。"

"欸？您也看不见吗？"

官司点点头，像从最开始就洞悉一切似的说：

"你运气很好，遇到神签了。"

"神签？是指那只猫吗？"

"没错，叶子上的字是对您的启示。只有您才能看见，也就是说因为是您才能看见。请一定要珍惜它的启示。"

说完，宫司慢悠悠地转过了身。

神签？启示？愈发摸不着头脑的我掏出手机，正要用食指敲击屏幕，走到社务所门口的宫司气定神闲地对我说：

"啊，对了对了。神签的事，在网上也是查不到的哟。"

我停下动作。什么都查不到啊？

宫司进了社务所。我再拿起手机时，屏幕上的时间比我和龙三约定的要晚了。我将手机揣进牛仔裤兜。

龙三住的公寓是一栋外面贴着褐色铁皮的二层建筑。爬上生锈的铁艺楼梯，最里面的是他的房间。由于没有门铃，我是敲木门进去的。屋里不能洗澡，这年头还在用蹲式马桶的人也不多了。榻榻米已经旧得起毛，窗户是毛玻璃的。一台破旧的电扇正"嘎吱嘎吱"地摇头旋转着。

屋里的家具似乎不太协调。六叠[1]大的小房间里，有一只黄绿色的衣橱和廉价的铁艺衣架，旁边不知怎的还有一张有年头却很气派的梳妆台。衣橱的抽屉上有好几处贴纸留下的斑驳印记，仔细看看，都是动画角色的贴纸。

龙三递给站在衣橱前面的我一听果汁，是我没见过的红色罐子，上面用白色的粗体字印着"COLA"。我确认龙三大口喝的也是同一种饮料，偷瞄了一眼保质期，然后才拉开拉环。

---

[1] 叠：榻榻米的尺寸，多用来计算日本房间的面积。1叠约为1.62平方米。

"这间屋子整体好复古呀。"

除此以外,我不知道该如何评价。龙三听了很是赞许,用力点头:

"这地方不错吧?房租便宜,现在除了我,只有一楼还住着一位租户,是自由职业者。所以不会有人嫌我弹吉他的声音太吵。我很满意。房东人也很好,把这里的家具几乎全送给了我。"

我再次端详那些家具。那显然不是"好房东送的",而是"处理大件垃圾也要花钱,干脆塞给别人算了"。

"真不错。"我边说边将那听饮料放到嘴边。这谜一般的饮料好像是可乐,但味道很淡,肯定是某个远在天边的国家生产的。

"好喝吧?我打工的那家酒馆的店长下错了单,说是退不掉了。他没办法,只好以一瓶二十八日元的价格出售,但竟然没人买。店长嫌它们太占地方,就送了我两箱!店长真有度量!"

我不知该说些什么,便环顾整个房间。龙三忽然一拍手:"对了对了,吉他!"

他走到房间一角。不管怎么说,他好歹懂得善待吉他。两把电吉他立在专用的底座上,龙三拿起里面那把静静地靠在墙上的原声吉他。

"这是我的第一把吉他,是名叫'ThreeS'的民谣吉他,OOO 的,超可爱的一把。"

"OOO?"

"就是小号的。大概是我上初一的时候吧,邻居大叔扔垃圾的时候偶然让我撞见,我就给捡回来了。我大哥当时已经上大学了,我听说他们社团里有一个懂吉他的朋友，就一个劲儿地拜托他教我，还用压岁钱买了琴弦重新上好。从那时起，吉他就成了我的好朋友。"

龙三盘腿而坐，抱着吉他"锵"地一扫弦。他的神情天真了许多，就像初中一年级的学生似的，和弹电吉他的时候截然不同。

"你有大哥，也就是说，大哥下面还有别的哥哥喽？"

"嗯，我家有四个孩子。大哥、二哥、姐姐和我。你呢？"

"我是独生子。"

龙三听我这样一说，仿佛想到什么不得了的好事似的，探着身子问：

"那我也可以当你的哥哥呀，我一直都想有个弟弟。"

"哈哈哈哈哈！"

不知龙三如何理解我这干巴巴的失笑声。他捏着琴颈向上一提，开始弹唱。唱的是《我在铁路上工作》[1]。龙三弹吉他我听过很多次了，但弹唱还是第一次听。

他的嗓音有些沙哑，让人觉得粗野。但不知怎的，还有一种脆弱纤细的感觉。算不上很好，也算不上很糟，但是我喜欢的声音。

纯真无邪的童谣被龙三唱出了人生的深刻况味，合着吉他的音色，将我一点点带向远方。我乘坐的电车沿着长长的铁道滑行，无论开往何方，都不知道终点在哪里。

一曲终了，龙三把吉他递过来：

"你拿着试试。"

---

[1]《我在铁路上工作》：美国民间童谣，原名为 *I've Been Working on the Railroad*。

我战战兢兢地接过吉他，学着他的样子抱在怀里。吉他比我想象的重，琴弦也比我想象的硬很多。在龙三的臂弯里安安稳稳的吉他突然被推进我怀里，似乎很不舒坦，就像被母亲抱在胸前的婴儿突然被陌生人抱走似的，快要哭出来了。

"最先要记住的，是 C 和弦。"

龙三一根根地捉住我的左手手指，放在弦上。他硬而粗糙的指头让我意识到自己的手指有多柔软。在他的催促下，我的右手在吉他的圆孔附近扫了一下，"锵——"的一声，这就是 C 和弦，龙三说。

"和声的话，就是 do、mi、sol。"

"欸！"

原来和弦就是和声，我轻轻发出惊叹，龙三温柔地眯起眼。弹了一会儿，我渐渐找到了诀窍。弹吉他就是在弹奏和声，我的肚子与和声共振，身体逐渐熟悉了吉他。

"你直接按一个 C 和弦试试。"龙三说。

我的左手紧紧地按住和弦，龙三重新坐回我对面，一下下地弹拨着琴弦。

"mi——do——re——sol——"

这是室内广播常有的提示音，龙三把旋律哼了出来。我和龙三对视着，哈哈大笑：

"厉害！真有意思！"

"对吧？"龙三得意扬扬地望着我，"吉他不错吧？有朝一日，我一定要出道。"

我无话可说。龙三难道真想成为职业吉他手？他难道不满足于偶尔玩玩乐队，快乐地享受当下的生活吗？我忍着没问出"不会吧"，只好答一句无功无过的话："能把喜欢的事当成工作，真幸福啊。""是啊。我是家里的第三个男孩，所以父母没在我身上寄予厚望，让我自由发展，我还蛮轻松的。"龙三说。

龙三起身将打开一半的窗户开到底，边说"好热啊"，边把风扇的挡位调高。

我不经意间望了望窗边，目光停留在墙上用图钉钉住的一张纸上。我以为那是日历，但纸上都是手绘的格子，其中大约有一半格子被画上了五角星的标记。

看着那张纸，我不由得想起刚才在神社见到的猫——神签屁股上的五角星。

"那是什么？"

"哦，这个啊。"龙三挠了挠头，好像有些不好意思，"这个和积点卡差不多吧。"

积点卡。

……欸？点？

"龙三，你是不是也去过那家神社？"

"神社？什么神社？"

看来不是我想的那样，这张纸和神签似乎没有关系。我把手放进口袋，打算和龙三讲讲那片叶子的事，他却从桌子上拿起笔，在格子里画上一颗五角星。我也将吉他放到一边，起身走到龙三身边。格子是十乘十的，左侧的空白处用飞舞的字体写着"VOL15"。

龙三把笔放回桌上，偷瞄了我一眼，心满意足地说：

"今天也积了一点。嗯,就是这样。"
"'就是这样',到底是哪样啊?"
"保密。"
龙三噘起胖嘟嘟的嘴唇,那模样就像吃饱了饭的孩子。

除了 C 和弦,龙三还教了我 G 和弦,要我先记住这两种,并连软包一起将吉他借给了我。

回到自己的房间后,我抱着吉他陷入沉思。

点——官司先生说,这是对我的"启示"。我隐约觉得这与龙三的"积点卡"有关,如果二者真的有关,那么它意味着什么呢?

"今天也积了一点。"龙三说完这句话,在纸上画了个五角星。莫非那意味着他教了或借了我吉他?

原来如此,我明白了。"锵——",我扫了一下 C 和弦。

那个五角星标记,一定是"日行一善"的意思。只要对某人做了好事,就画一个五角星。依龙三的性格,很可能干出这种事。我相信自己一定没有想错,把吉他放到了一旁。

下个星期,我又有一个面试,这次面的是和社会福利有关的公司。

"除了学业方面,你还在哪些地方付出过努力?"

蓄着浓密络腮胡子的面试官抛出问题,我心中窃喜,紧接着自如地说出事先准备好的答案:

"我做了日行一善的积分卡,每天打卡。"

很好,和其他人有所区别的个性回答,能给面试官留下印象。虽然想出这个主意的人不是我,实际上我也没这样做过,但用来充门面还是很方便的。

"这个很有意思啊。"

面试官双手交叠放在桌上。

果然这就是神签给我的启示,说不定我能通过这场面试。面试官不依不饶,继续问:

"那么,田岛君的'善'都有哪些呢?"

我有些吃惊,但还是保持着假笑回答道:

"捡掉在路边的垃圾、在电车上给老年人让座什么的。"

"这样啊。那么,分积满之后,你会去换什么?"

面试官只翘起一边嘴角,我立刻意识到,那不是一个善意的笑容。糟了,我之前没想这么多。我尽量不在意自己加快的心跳,语无伦次地说:

"呃……就会有好事发生吧。"

"好事是指?"

"……这个嘛。"

我答不出来,放在膝盖上的手攥得紧紧的,手心都是汗。如果龙三是我,会怎么回答这个问题?

"因为希望有好事发生在自己身上,所以才捡垃圾、让座的吗?你不觉得,这是期待回报的伪善吗?"

伪善。我的脸一下子红了。他说得的确没错。

"……或许，是这样吧。"

一直假笑几乎让我脸上的肌肉抽筋，我甚至不分青红皂白地对龙三有了类似怨恨的情绪。面试官之后的提问我回答得都不如意，就这样以一个垂头丧气的伪善者的形象结束了面试。

第二周，龙三告诉我，他干到这个月底就要辞去打工的工作。那天我们都上早班，下班路上他约我顺路去麦当劳，在餐厅告诉了我这个消息。或许他根本就是为了告诉我这个，才约我去麦当劳的。

"我们乐队说不定有希望出道了。"

并排坐在卡座上喝一百日元的热咖啡时，龙三说。他的手指和声音都有些颤抖。

听说是制作人在网站上看到他们的视频，主动发来的邀请。对方的公司规模不大，但听了旗下艺人的名字便知道，这还是一家相当有业绩的公司。

"那也不用这么快就辞掉打工的工作吧……"

"嗯……不过，这是我情绪的问题。在走红之前，当然还要靠打工谋生，但眼下的一小段时间，我还是想尽全力作曲、练琴。"

龙三语气沉稳，但不乏热情。与他相反，我的心却一点点冷下去。

我产生了两种情绪。一是龙三的意外退出让我觉得孤单，二是龙三为梦想拼搏的样子让我感到自己的乏味。

这两种情绪都不在我的预料之中，我不禁有些困惑。为了平复焦躁的心情，我用力吸着杯中的可乐。麦当劳的可乐味道很正。

"你也要加油找工作哟。"龙三说。

他说着，"嘭"地拍了一下我的肩膀。我下意识抗拒地扭了扭身子。

"龙三有吉他，真好啊。"

"欸？"龙三惊讶地半张着嘴，而我再也压不住接二连三涌上心头的愤怒。

"你会的东西别人都不会，做着自由职业还活得那么轻松，甚至实现了自己的梦想。真厉害呀。而我连自己想做什么都不知道，我们真是有天壤之别。"

我尽量把话说得像开玩笑般轻松，可到底还是话中带刺。快发火啊，快阻止我——我想。然而，龙三双手拢着桌上的纸杯，盯着杯子，忽然蹦出这样一句话：

"哪里有什么东西是只有我会，别人都不会的啊？"

他的声音听上去格外遥远，我心头一震。龙三依然带着沉稳的微笑，望着我问：

"大学是个怎样的地方？"

好突兀的问题。这和我们前面的对话有什么关系吗？

"怎样的地方……"

"我啊，曾经很想考大学来着。尽管不擅长学习，但看着哥哥上大学，我觉得很好，可以参加社团、研讨会什么的。但父母不允许我考，说我家没那么多钱：'你哥是特优生，上大学不用花钱，你脑子这么笨，上大学也没意义啊。'我爸喝醉后，还跟我说过：'这么穷，只能喝便宜的酒,早知道我当初就不该要四个孩子。'"

龙三轻描淡写地说着,没有起伏的语气反而清晰地衬托出他的悲伤。我照旧说不出一句宽慰的话,一径沉默着。龙三稍微提高了语调:

"我想,他说得也对。高中毕业后,我带着理解和叛逆,离开父母身边,决定只做自己喜欢的事。从那时候开始,我都数不清自己给各家公司寄了多少张唱片小样,为了演出四处奔波,坚持到现在,终于遇到了认可我的制作人。但今天的我也很感谢用饥饿精神抚养我长大的父母。"

龙三说完喝干杯中的咖啡,长出了一口气。他最后的那句话,也有一种勉强说服自己的感觉。他紧紧抿着嘴唇,转过身子正对着我。

"慎,你说,真有什么东西是'除了自己,别人都不会'的吗?即使我不弹吉他,也不会给任何人造成困扰。就算我退出乐队,也会有别的吉他手加入。比我弹得好的家伙多到数也数不清。"

龙三直直地盯着我,我躲不开他的目光。他用平静得吓人的语气说:

"我想,这世上不存在只有我才能弹的曲子,但有些曲子只有我才能弹出那种感觉。这是我唯一的坚持和骄傲。"

对不起,龙三。我想道歉,却整理不好自己的语言。尽管不确定自己是哪里出了问题,可我发现,龙三付出的不为人知的努力和辛苦、承受的烦恼和纠结,我全都选择了无视。也就是说,我一直认为他轻而易举就得到了想要的一切,是个活得吊儿郎当的人。

"龙三,我……"

我开了个头,却不知道接下来要说什么。龙三忍俊不禁:

"你也一样。要我说出什么事是只有你才能做到的,这或许很难。不过,肯定有一些事情你会做得与众不同。"

一段沉默过后,我耐不住性子,拼命想说些什么。

"……你的积点卡积满之后,会去换什么?"

"嗯?积满之后,有巨大的惊喜等着我。"

龙三笑着,轻快地捏瘪了纸杯。这不是和我回答的"会有好事发生"没什么区别吗?我有种被他糊弄的感觉,却没再多问。

第二天,我决定再去一次那座神社。

龙三那句"肯定有一些事情你会做得与众不同",让我想起了宫司先生说的"因为是您才能看见"。神签送给我的那片叶子带有启示,我无论如何都想知道"点"是什么意思,这对如今的我来说似乎非常重要。如果见到神签,它说不定会告诉我答案。

我在神社里四处转悠,可哪里也没有神签的踪影。我坐在长椅上,掏出手机。

那天后,我查过好几次关于神签的事。但就像宫司先生说的那样,没搜到有价值的消息。假如我写下相关的信息,或许会有人回复吧?我这样想着,打算把神签的事发在推特上,但总是遇到网络故障,发不出去。我试了几次,渐渐没了兴致。就算成功发出去了又能怎样?慢慢地,我也就无所谓了。

在网上搜不到任何消息,并不等同于事情本身不存在——事到如今,我更加确信自己的想法。人们很容易误以为只要上网一查,电脑就会立刻告诉我们所有问题的正确答案。然而互联网上的所有信息都是陌生人随手上传的。

我打开推特，浏览时间线上那些老面孔的碎碎念。薄煎饼、天空、宠物狗的室内照片，国外发生了大地震、对日本的政治批判、对黑心企业的曝光、偶像的绯闻、对电视剧的感想、搞笑艺人的黄段子，还有好困、肚子饿了、头痛等身体状况的汇报……索然无味的商超广告也在时间线上频繁出现，页面仿佛可以一直顺畅地滚动下去。世界就是这样，我想。做得像绘本里一样精致的薄煎饼、无聊的黄段子、导致上万人死亡的天灾在同一个页面上一股脑地出现。

就算我什么都不做，世界也照样运转。我可以不发任何消息，用阅读填满一整天的生活，根本没必要思考什么、创造什么，既然没有想做的事也能过得很开心，似乎也就没必要拼命寻找工作的意义或目标——我一直是这样认为的。

但是……

我的目光从手机上移开，看见宫司先生从社务所走出来。他今天没穿工作服，而是上身一袭白衣，下身穿了一条裙裤。我起身朝他走去。

"您好。"

"您好。"宫司先生和我对视后，莞尔一笑。

"您今天的打扮很有宫司的感觉呢。"

"很有感觉？我本来就是宫司嘛。"

他笑了，我小声说了抱歉。

"我偶尔也想做些像样的神职工作啦，有人会拜托我做祷告什么的。虽然多数时候为了方便打扫卫生，我都习惯穿工作服。"

在衣装的衬托下，今天的宫司先生有一种不同于往常的压迫感。没有坚定信念的人，穿不出这种威风凛凛的感觉。看来他不光运气好，还是个为自己的职业骄傲的人。

我寻求他的帮助：

"请问，神签在哪里？"

宫司先生"呵呵"地笑了。

"在哪里呢？我也不知道。它毕竟是只猫嘛，谁也说不清它在哪儿，什么时候会出现。你找神签有事？"

"想知道启示的深意……我怎么也想不通。"

"所以你就想问它？"

"是的。"

"你已经放弃思考了吗？"

他问话的语气充满友善，和我经受过无数次的面试官冷冷的诘问完全不同。我的目光落在手中的手机上，啊，对了。神签或许没有那么迅速的反应，不会接到问题后立刻回答。

见我陷入沉默，宫司先生望着大叶冬青，慢悠悠地继续道：

"找出问题的答案是一件很棒的事。但我觉得，在困惑中持续寻找答案的每一天才是人生原本的模样。"

我愣住了，一句话也说不出来。宫司先生向我施了一礼，从前殿旁边走过，缓步爬上神社深处的窄台阶。

我一份录用通知也没拿到，父亲似乎终于看不下去了。他说有位远房亲戚是开房地产公司的，可以通融一下。

既然有最后的王牌，一开始就告诉我多好啊！这个想法从心头掠过。下一个瞬间，我感到一种不适，仿佛被干燥的舌头舔了一口。后来才明白，那是我对自己的厌恶——我竟觉得别人的关照理所应当。尽管如此，我还是没清高到拒绝这等好事的份儿上。我强压下刚刚冒头的情绪，告诉自己，我又没做什么坏事。

几天后，父亲告诉我："对方说，姑且要走个面试流程。"姑且、走个流程，看来事情是成了。

太好了。难道不好吗？这就定下来了。虽然不知道在房地产公司工作要做些什么，但这些等上班后再学也不迟。我明明该松一口气的，却不知为何感到坐立难安。

对方很快指定了面试时间，我拿到父亲发来的公司名称和地址，查了去公司的路线。那家公司离我家很远，要在一个没听过的站下车后步行大概二十分钟。算了，反正有手机导航，怎么也能找到的。

于是今天，我拿着手机在一个陌生的车站下了车。单轨电车沿一条小规模的商街而建，过了商街便是乡下的小路，田野里有三三两两的民居。我在导航软件中输入公司名称，立刻出现了一条路线，蓝色标记标识着我所在的地方，公司则用红色标记标出。只要按照画在地图上的线走就行了。

真方便。如果未来的人生路线也能如此清楚地显示，那就不会荒废时光了。只要按照导航前进，就会平安无事地抵达终点。

……平安无事。真的吗？有时候，平安无事也是一种烦恼。

我心不在焉地走着，手一滑，手机掉在地上。捡起手机，屏幕一片漆黑。

糟了。我出了一身冷汗,按了好几次电源键。没多久,因撞击而暂时关机的手机重启成功。

我抚着胸口,重新打开导航,输入公司名称后,相应的位置出现了一颗红钉子,可显示我当前位置的蓝色圆圈却跳来跳去,定不下来。GPS好像出故障了。

我环顾四周。这是哪里?方才我一直把注意力放在手机屏幕上,没有仔细看路。手机地图上几乎没有显眼的地标,只有交错的小路。路两旁虽然也有一些大楼或住宅,但地图上显示的却是一片空白。导航路线上只有一个加油站的标识,放眼望去,却看不到对应的建筑。

行迹可疑的蓝色圆圈还在四处徘徊,就像我一样。好不容易有了去处,却不知道自己处在什么位置,起点和终点就这样无法相连。

……点和点?

想到这里,眼前的路仿佛清晰了许多。

我一直——

我一直不知道该去哪里,该选择什么、决定什么,只是一直在寻找前方的终点。但在终点之前,未知的东西还有很多。

原来,首先要弄清楚的不是终点在哪里。

而是起点在何方。

我买了一本六线谱。

六线谱是标记吉他和弦位置的乐谱,之前我没留意,不知道书店的一角有各种各样的六线谱在售,也许乐器行里的六线谱更多。没想到弹吉他的人竟然这么多,我很吃惊。

我挑了厚厚的一本,里面囊括了从初级到高级的许多谱子。看到初级篇里有《我在铁路上工作》,我便毫不犹豫地拿着它去结账了。

我独自在房间翻开乐谱,盘腿坐着,抱好吉他。

"走个面试流程"当天,我关掉导航,打电话给那家公司,告诉他们我迷路了,对方要我先回车站。我边走边问路过的人,总算找了回去,没想到那位远房亲戚,也就是社长亲自开车来接我了。

那是一位头发花白、性格温和的大叔。公司包括钟点工在内大概有十五人,见我跟在社长身后,大家都笑呵呵地欢迎我来。

走进接待室,有人端上茶水,我和社长单独聊了一会儿。我递上简历,社长却把它放在桌上,看也不看,问我的净是些亲戚之间的问题,诸如"你爸爸还好吗?""我记得,你上小学的时候喜欢踢足球?",等等。面试的确有名无实。临走前,他终于补充似的说了一句:

"我们是一家小公司,但多年来和客户维持着友好关系,大体还算安稳,只是薪水不会很高。不嫌弃的话,我就留一个经理或事务员的位置给你。"

连为什么想来这里工作都没问,对方就确定录用我了。我自然没有拒绝的理由。

但我为什么总是忐忑不安呢?这样真的好吗?我意识到,既然有了这样的想法，大概不可能很好。

"请问……您为什么要成立这家公司？"

听了我的问题，社长目光闪烁了一瞬，很快便不无怀念地说：

"上高中的时候，我和父母吵架，曾经离家出走。"

"离家出走？"

"没错。我单凭一股冲动夺门而出，根本没有去处，只好睡在公园里。只睡了一晚，但也难受得很。这件事让我深深地明白，没有建筑，人是活不下去的。无论什么建筑，都有其可贵之处。不巧的是，我似乎没有当建筑师的天分。"

社长有些自嘲地说到这里，旋即露出一抹勇敢的笑容。

"然而，尽管我无法创造建筑，却可以为需要它们的人带路——介绍人与建筑相遇，让在建筑中生活、工作的人安心。不能光有人盖楼，还要有人宣传它们。向导也是很重要的角色，这份工作我一定可以胜任。这就是我热爱这份工作、成立公司的理由。"

一切豁然开朗。社长的笑容中写满了幸福和自信，而靠不住的我，怎么能随随便便就进入他多年来付出全部心血经营的公司？

对我来说，工作是什么？求职是什么？我想做什么？能做什么？

这些问题，我曾边看求职攻略边在入职申请表中填了无数次，但直到今天，我才终于认真地向自己发问。我想象不出自己在这家公司工作的样子。话说回来，到目前为止，我甚至从没做过这样的假设。

想到这些，我便无法停止思考。第二天，我给社长打电话，申请辞职。父亲要我"先拿到其他公司的录用通知再说"，但我觉得这样是不礼貌的。社长在电话那头鼓励了我："加油，下次约上你爸爸，大家一起喝酒吧！"在喜悦和内疚参半的情绪中，我落了几滴泪。但愿和他推杯换盏、促膝长谈的那一天早日到来——这里的"他"不是社长，而是我的叔叔。等我找到工作后，一定要实现这个约定。

挂掉电话，我低头对爸爸道谢。他为我的未来担忧，一定也曾为我诚恳地拜托过社长一番。而此时，他只是不自在地说了句"哦"。

原来我不是随波逐流，而是在许多人的帮助下才走到了今天——之前我竟从未意识到这一点。父母、朋友、女朋友，大家一直深深地滋养着我，我却没有一丝感激，以为只要按照他们说的去做就好了。妈妈总是担心我的身体，朋友给我介绍了好工作，我可曾对他们说过一句谢谢？甚至对垂青于我的女孩，我也不曾回以半分关怀。那么，今后要怎么办呢？哪里才是我的起点？

我奏响 C 和弦，一下下拨出"mi——do——re——sol——"的旋律，仿佛商场在广播寻人："背着 ThreeS 牌吉他，二十一岁的田岛慎君，您的同伴在等您。有线索的顾客，请到服务中心来。"

没有所谓的同伴，现在轮到我独自去商场的时候了。我摸索着 G 和弦的位置，刚记下来，还不太习惯，小拇指几乎抽筋。

那天之后，龙三对我一如既往。我以还吉他为由，提出下星期他离职那天去他的公寓一趟。

我想给他一个惊喜，瞒着龙三练了一首歌为他饯行。那天到最后我也没好好和他道歉，光是嘴上说说"请加油"，听上去也很没诚意。我想用自己独特的方式，为他的出道加油打气。

除了 C 和弦、G 和弦，《我在铁路上工作》还会用到 D7 和弦、B7 和弦。四种和弦我或许还能应付得来。我一定要学会这首曲子，把它弹给龙三听。虽然不能弹得像龙三那样好,但终归是"只有我才能弹出那种音色"的吉他。

龙三打工的最后一天,我背着吉他软包去店里,和他一起下班。店里的员工送给龙三一小束花,他和当天上班的人一一握手,每次握手都很诚恳。有些女孩子不好意思,但龙三不管这些。他哽咽着说"谢谢"的时候,原本想逃过这一幕的人也情不自禁地点点头落了泪。

我和龙三买了酒和零食,走在回公寓的路上。天彻底暗了下来,草丛中传来虫鸣。初秋的夜晚已经有了凉意。

我们用听装啤酒干杯庆祝,又闲聊了一会儿。随后,我从软包里拿出吉他。喝醉前要把该做的事做了才行。

麻酥酥的紧张从手上滑过,仿佛有人在我心底扔了一块沉重的石头。有那么一瞬,我脑海中闪过一个念头:平平常常地把吉他还给他算了。但看到吉他,这个念头就消失了。无论如何我都要弹,要把曲子弹完。

"请听我弹上一曲。"

见我抱好吉他,龙三"欸"地发出一小声惊叹,接着慌慌张张地把手中的啤酒罐放在桌上,在我面前端正地坐好。空气凝固了。龙三望着我,我调整呼吸,手指放在开头的 G 和弦上。

G 和弦,C 和弦,G 和弦。

我跟着旋律边弹边唱,很顺利。继续弹一段 G 和弦,跟着唱。到目前为止,一切都很好。虽然分不出多余的精力看他,但我能感受到龙三周身散发出的温和气场。

但我很快就在后面的D7和弦上卡了壳。不行,每次都在这个地方出错。从这儿往后,我停顿了无数次,每次都重新弹过,连C和弦都磕磕绊绊的,渐渐乱了阵脚。

但我没有放弃。这一整首曲子,我无论如何也要从头至尾地弹完。

到了"啦啦啦"的后半部分,几乎已经不成调子了。我念经似的唱着,终于来到了尾声。猛地扫完最后一个G和弦,我低着头,紧紧攥着琴颈。

"……慎,你太棒啦!"

龙三为我鼓掌,掌声像落下的雨点般裹住了我。我心想不妙,与此同时,眼睛忽地一热。

"弹成这样……弹成这样,根本没法给你饯行啊。"

龙三不再拍手。泪水和遗憾一起涌了出来,止也止不住。我明知道很丢人,还是哭得稀里哗啦。

"可恶!本以为能弹好的,但我还差得远……手指也很痛,弹得一点儿也不好。真是可恶。"

眼泪和鼻涕一把把地流下来。

我高估了自己,以为童谣这类简单的歌曲稍加练习就能弹下来。但那不过是我太自负罢了。

虽然练了很久,但一下掌握四个和弦,难度还是超乎我的想象。长时间按着琴弦的手指疼痛难当,我很不习惯。一天之中,不碰吉他的时候也无法逃脱火辣辣的疼痛,我甚至想过,我这是造了什么孽啊,弹吉他的搞笑艺人和街头艺术家弹得那么轻松，显得那么开心，原来学会弹吉他的人都经历过这样的痛苦吗？还是说只有我与众不同，柔弱不堪？我无数次对自己说："你可真不是这块料。"

尽管如此，我还是坚持练了一个星期。我想把这首曲子弹给龙三听，如果做不好这件事，我大概就无法往前走了。

然而，这已经耗尽了我的全部心力。明明想鼓励走向广阔世界的龙三，却只是暴露了自己的软弱。我难堪极了，眼泪怎么也止不住。

龙三从盒子里抽出两张纸巾递给我。

"慎，你没问题的。只要觉得自己还差得远，就肯定没问题。'差得远'和'追不上'完全不同。差得远，就说明今后还有机会。弹琴时间长了，手指就会变硬，然后就不疼了。到时候，你就会弹得特别好。"

我接过纸巾，看着龙三。

不知什么时候，龙三也哭了。

"记住这种不服输的心情，好好珍惜它。人不甘心地落泪时，正是最关键的进步时刻。"

龙三的鼻涕淌得比我还多，我也抽了纸巾递给他。

龙三很响亮地擤了鼻子，却又像坏了的水龙头似的哭个没完。

我们一度同时把纸巾覆在脸上，但渐渐觉得滑稽，两个人都笑了出来。

"谢谢，谢谢你啊，慎。我很开心。《我在铁路上工作》也是我最早学会的曲子。"龙三起身拿起桌上的笔，"今天只画一颗星星怕是不够呀。"

他在那张积点卡上画了五个五角星。见我坐着仰起头，转过头微笑道：

"心怀感恩的时候，我就会在这上面画五角星。"

"欸，不是帮助别人的时候吗？"

"记那个有什么意思啊？记住这一天有让我感恩的事发生，并且能反复确认——明显是这样更让人开心吧。我从新年就开始记录，这已经是第十五张卡片了。每画满一张卡片，我都觉得自己实在是太幸福了。"

龙三说过，点积满的时候他会特别开心。原来他不是随意说说，而是真心的。

"回忆过去的时光，会获得更多的欣喜呢。我也感谢邻居大叔，感谢他要扔掉那把吉他，我才找到了人生的意义。不光对大叔如此，对很多不知该如何表达的事，我也充满谢意。每一件事我都不想忘记。"

龙三把笔放回桌上，在我对面坐下。

通过吉他找到人生的意义。

或许龙三说得没错，这很像会发生在他身上的事。不过，我的想法似乎有一点不同——

是龙三给了原本要被扔掉的吉他新的生命，卖剩下的便当、房东的家具、口味寡淡的可乐也在他手中焕发了新生。

龙三轻轻地从我手中拿过吉他，温柔地将它抱在怀里。弹了一下C和弦，然后"嗖"地把琴颈转向我。

"这把吉他能不能由你来保管？"

"欸?"

"在我正式出道之前,都由你来保管。等我真的出了CD,就买一把更好的民谣吉他送给你。在那之前,我就当你和它一直在等我,这样就有坚持不懈的动力了。"

龙三再次把琴颈递给我,我怯生生地伸手接过吉他。琴颈上"Three S"的标识仿佛有些不好意思地看着我。

我下定了决心。

"好吧。在那之前我会拼命练习,到时候把《我在铁路上工作》弹得无懈可击。不光这一首,我还要练会很多首曲子。"

我想拥有一双能弹出好音乐的手,拥有愿意为之付出的力量。

即使手指再痛、和弦再难背,我也绝不会轻言放弃。虽然难过、弹得一点儿也不好,却还想继续尝试——这样的感觉我还是第一次有。我紧抱着吉他,对龙三说:

"哥,加油……我会一直支持你的。"

"慎!"龙三喊着我的名字,两手把我的头发揉得乱七八糟。现在我的头发一定和龙三的一样乱蓬蓬的,我和他就像两兄弟一样。

我来到第三十二家公司的面试现场,坐在走廊的椅子上等候。马上就要轮到我了。

那之后,我陆续投了几家乐器商、音乐培训等和乐器相关的公司,面试的都是销售部。

我并非音乐院校出身,乐器知识也不够丰富,简历并不出彩,肯定比不上那些能很快提升销售业绩的高才生。

但我能用自己的话讲出乐器的好。刚开始接触吉他的痛苦和跃跃欲试的心情还历历在目，我还在品尝终于和乐器成功磨合的喜悦。一定有些东西是只有我才能体会、才能讲述的。最重要的是，我现在想要尝试做这件事。

"下一位，请进！"

在员工的引导下，我站起身。左手像轻握琴颈似的攥起，大拇指依次抚过其他四根手指的指尖。这种感觉令我心安。不要紧，绝对没问题。

两位面试官坐在长桌前，一位是留着短波波头的女人，另一位是戴黑框眼镜的男人。女人正在看我的简历，戴黑框眼镜的男人坐得很深，靠着椅背，几乎要躺倒。

我报上毕业院校和姓名，对方示意我坐下。黑框眼镜低着头说："能说说你来应聘的理由吗？"

我挺直身体，向两位面试官传达我的心意。

请二位听一听我的故事。

"因为我终于变硬的左手手指，对这份工作感到自豪又开心。"

戴黑框眼镜的面试官猛地抬头，从椅背上坐直身体，目光直直地望着我。

[第四片叶子]

―――

播种

猫の
お告げは樹の下で

我曾经造过飞机。

我还造过船、造过车,有时还造城市。

平等院凤凰堂[1]的塑料模型完工时,大家都惊讶地瞪圆了眼睛。不光建筑精巧,护城河和石子也处理得十分仔细,连我自己都很满意。

每当一部交通工具、一栋建筑从我的指尖诞生时,我都觉得自己仿佛成了了不起的大人物……没错,有一种化身为神的感觉。

但那已经是很久以前的事了。

现在的我只是个讨人嫌的老头子。儿媳会神气活现地跟我这个老糊涂顶嘴,孙女也和我不亲。

---

[1] 平等院凤凰堂:始建于日本平安时代的佛堂,位于京都。建筑临水而筑,外形秀丽,内部雕饰、壁画丰富,集当时的造型艺术于一堂。1994 年被联合国教科文组织指定为"世界文化遗产"。

每个星期六，我都得陪儿媳去购物。

我这儿媳一点儿敬老精神也没有，总是把重的东西丢给我。今天她让我拿的是五公斤装的大米、酱油、白菜，还有半个西瓜。

"喂，君枝。西瓜你就拿一下吧，我这儿还有大米呢。"

"我还抱着一个比大米重的小孩呢，我们彼此彼此啦。"

孙女未央闹着别扭就睡着了，君枝此时一手抱着她，一手拎着装了土豆、胡萝卜和鸡肉的塑料袋。或许我们的负重真的差不多。

"可你刚三十出头，怎么能跟一个将近七十的老爷子比啊？"

"爸爸，您才六十八呀。体检也没有问题，很健康嘛。而我有全职工作，还要养一个魔鬼般的两岁小孩，不是吗？难得有个周末，我也想犒劳犒劳自己嘛。"

这女人话真多。她的五官扁平，难听的话从嘴里接二连三地蹦出来。

我提着西瓜，跟在君枝身后半步。刚刚进入九月的午后，天气依然暑热难耐。

"呀，阿哲。"

身后传来一个粗野的声音，是隔壁杉田家的老太婆。说是老太婆，但她和我只差一岁，一直好管闲事。三个儿子成家立业后，她好像每天都很闲，待人过于热情。我假装没听见，打算就这么走掉，君枝却回过头，露出一个客气的笑容：

"啊，杉田太太，您好。"

"哎呀——未央，是不是很困呀？在外面睡着了可不行啊，虽然你睡着的样子很可爱。"

杉田用食指戳了戳未央的脸蛋，然后以一句"说起来呀——"开头，讲起了住在斜对面的曾根因骨折住院的八卦。"听说她想拿橱柜上的砂锅，在椅子上没站稳，摔下来了。对，是曾根太太。脚骨折了，摔碎的砂锅还割伤了她的手腕，好像伤得挺重的。不过骨折的话，'咔吧'一下断掉的那种似乎还好治一些。我儿子也是……"

米沉得勒手。

我不愿在一边等着，正打算回去，却听到杉田说：

"阿哲看上去精神不错，脸色很好嘛。"

"……还行吧。"

见我冷淡地回应，杉田露出一个假意的怜悯笑容。

"真是太好啦，阿哲。繁子离开之后，我也很担心你呢。有这样一位好儿媳，愿意住在一起照顾你，你真要感谢人家啊！"

我可没求着她和我住在一起——我正想反驳，未央却睁开了惺忪的睡眼，"哇"地大哭起来。君枝单手抱着她，轻轻摇晃。

"好乖好乖，我们回家。杉田太太，我们先走了。"

君枝朝杉田轻轻一点头，转过身去。

繁子是沉默寡言的妻子。

或许她在外面并不沉默，但至少从未对我指手画脚，要我做这做那。

曾是护士的她婚后说要继续工作，生下儿子弘人后，还在哺乳期就将孩子送到保育园，继续工作。

她对待家务不曾怠慢，做饭、打扫卫生未曾疏忽，我也从未听她抱怨过育儿的烦恼。当年听亲戚的劝相亲认识了她，几乎没怎么恋爱就结婚了，但对我来说，她是足够完美的妻子。然而，繁子离我而去，已经三年了。

　　"您有在听我说话吗？"

　　君枝的语气里似乎有几分愠怒，我抬起头，她便拿给我一双手套。

　　"您发什么呆呢？今天下午一点开始打扫绿地，快做准备吧。"

　　"知道啦。"我在她的催促下接过手套，站了起来。

　　上个月，公告栏里张贴了绿地公园的打扫通知。君枝问了句"您去的吧？"，不等我回答，就在"参加"一栏中做了标记。繁子还在的时候，我连町内会有哪些活动都不清楚，全是繁子一个人应付的。

　　和君枝住在一起后，大多数时候我也会被她逼着一起出动。什么通下水道啊，防灾训练啊，在学校路段执勤啊，她可真会使唤人。

　　君枝也是一副要出门的打扮，只不过她还穿着连衣裙。这可不是去打扫绿地应有的装扮。周末孩子不上保育园，平时基本也没什么工作上的事情找她。

　　"你不去吗？"

　　"我回水泽家有点儿事，傍晚前会回来的，爸爸您自己去吧。"

　　水泽是君枝的旧姓，她总用"水泽家"称呼自己的娘家。

　　从我家步行十五分钟就是君枝家，住着君枝的父母和哥哥、嫂子。听说君枝是二十岁上下时从千叶搬到这里的。她和弘人好像是在商店街策划的街道联谊活动中相识的，婚后住的公寓离双方的父母家都很近，以前却几乎没怎么来看过我。

而今年春天，弘人被调到大阪工作，君枝突然提出想和未央一起住在我这里。未央刚出生不久，君枝就去一家杂货店上班，好像对那家店非常满意。"好不容易熟悉了工作，未央在保育园也适应得不错，现在搬去一个陌生的地方从零开始？可别开玩笑了。爸爸一个人住，空房子有的是，不用付租金，离水泽家也近。就这么决定了！"

君枝自顾自地说完，也不听我的意见就迅速准备搬家，仿佛搬来我这里是理所应当的。的确，这房子虽旧，但是独门独栋，而且是自己的房产。如果有人想寻求接应，我这里恐怕是最好的选择。

弘人前脚刚去大阪，君枝后脚就和未央一道闯入了我家。行李一搬进来，她连手写的名牌都贴上去了——"阿哲、君枝、未央"，随意地贴在信箱的"木下"下面。我从未见过如此厚颜无耻的女子，仿佛自己就是这个家的主人，大摇大摆地接管了厨房，擅自和我分工，安排好打扫浴室、洗碗的日子，傲慢地住了下来。

"啊，别忘了喷驱虫剂。爸爸，你前阵子说手背被蚊子咬了，都挠破了。伤口烧得慌，没法洗东西……"

"别啰唆啦。有蚊子我自己会赶的，没事。"

好不容易才习惯独居生活的我，拜君枝所赐，再一次回到这种吵吵闹闹的环境之中。本想一个人悠闲地度过余生，结果完全出乎我的意料。

我朝大门走去，穿上运动鞋，打开门。蝉正使出浑身解数，唱着最后的歌谣。

"辛苦了——！请大家每人拿一袋回去吧。"

打扫结束后，町内会的员工递给我一只白色的塑料袋。我瞥了一眼，里面有一瓶茶饮，还有独立包装的薄饼、糖等。

绿地公园里蚊子很多，我的胳膊被咬了无数个包。君枝说得没错，是应该喷点儿驱虫剂。我一面噌噌地四处抓挠，一面往公园外面走。我忽然停下了脚步，片刻的踌躇后，走上了公园连通神社的那条小道。

沿着两旁是灌木丛的小路往前走，半路上有一个池塘。几个十岁左右的男孩坐在池边，弯着身子一动不动。是在看鲤鱼吗？这个年纪的孩子，正是最快乐的时候吧。每天只要做自己喜欢的事就可以，除此以外就是玩耍，被父母呵护、宝贝着。可能的话，我也想返老还童。

神社到了，这是一座小小的八幡神社。八幡神是我家的守护神，但这几年，我一直没什么心情到这里来。

神这东西。

神这东西，根本就不存在。

就算退一万步，假如神存在，也一定没注意过我。这几年，我总是这样想。

但今天不知怎的，我好像来了兴致，久违地穿过鸟居，站在前殿前面。我在裤兜里摸了摸，手指碰到了几枚零钱。

十日元硬币。看到刻在钱币上的平等院凤凰堂，我没将它放进赛钱箱，而是又把它放回兜里。我摇了铃铛，却没有合起双手许愿，也没有闭上双眼。

但我对着前殿里的一面圆形的镜子说道：

神啊，如果你真的存在，请听我说。

能不能让我就这样风平浪静地、安静地过完剩下的人生？

让我什么苦也不受，也不让其他人为我受苦。

镜子一言不发。

它当然一言不发了，毕竟它不是神。

我转过身，发现前殿旁边的红色长椅上有一只猫坐在上面，正扭着身子舔舐自己的后背和肚皮，像是在给自己梳毛。它的柔韧性可真好。它的身子是黑色的，肚皮和脚是漂亮的纯白色。我看了它一会儿，猫忽然和我四目相对。本以为它会警惕地逃掉，谁知它仍然维持着原本的姿势。于是，我静悄悄地走过去。

"喵——喵呜——"

怎么样，我学得很像吧？我试探性地伸出一只手，朝它招呼了两下。可猫保持着严肃的神情。我有些尴尬地在长椅上坐下，猫也挪了挪身子，两只前爪拘谨地并拢而坐。这只黑猫鼻子附近到脖子的部分是白色的，金黄色的眼睛眨也不眨，直勾勾地望着我。难道它对我有兴趣？这回我一边咂着舌头一边试图摸它的头，谁知它"唰"地把脸扭了过去。

呃，好吧，看来是不如它的意啊。我这人连猫都不待见。

起风了，耳边响起叶子摇动的"沙沙"声。啊，这棵树，是大叶冬青。我坐在长椅上抬头看，许多叶子的背面依然写着字——"想减肥""彩票中奖！"，等等。这种树的叶子用手一刮就会留下褐色的痕迹，大概总有好玩之人在上面乱写乱画吧。

猫轻巧地跳下长椅，再次转过脸看了看我。然后，它似乎"呵"地笑了笑。

怎么可能，猫哪里会笑？

猫径自来到大叶冬青树下，慢悠悠地绕着树散步，它的屁股上有一块五角星形状的白斑。一股难以言喻的眷恋伴着痛苦涌上心头，我想起曾经总是陪在我身边的那颗白色的五角星，然后摇摇头，试图将它从脑海中抹去，而猫眼见着越走越快，最后绕着树跑了起来。

这家伙在干吗？我挺直腰杆，站在长椅旁边，呆若木鸡地望着它。猫跑着跑着猛地停下来，左脚在树干上"嗵"地一拍，一片树叶乘着风，扑簌簌地落到我的脚边。

播种。

我捡起那片叶子，它的背面写着这两个字。播种？这是什么意思？

再朝那棵树看去，猫已经不在那里了。我以为它消失了，却又看到它信步走上前殿深处的台阶。台阶上头是正殿。

"木下先生？这不是木下先生吗？！"

莫名熟悉的声音响起，我回过头，面前站着一个穿蓝色工作服的微胖男人。

"哎呀，是小良嘛。"

"请……请您别再这样叫我啦。"

小良满脸通红,不好意思地笑了。上一代宫司喜助比我大三岁,是我从小到大的玩伴。小良是喜助的独子,今年大概有五十岁了。

"你还在中餐店打工吗?"

"不,我现在只做神职。因为三年前,家父去世了。"

"……是啊。"

小良温柔地微笑着,富态的脸盘和嘴巴有喜助的影子。

"木下先生现在在做什么?我们很久没见了呢。"

"什么都没做,也没心情做。"

"但您看上去很有精神呢,气色也不错。"

倒也不是有精神,气色好肯定是因为刚才打扫公园活动了身体……我的目光落在町内会员工给我的塑料袋上,想起自己手里还拿着大叶冬青的叶子。

"这座神社里有猫吧?黑色的。"

听我这样一说,小良一挑眉毛,似乎很开心地回答道:

"刚才有猫来过?不过那不是我们神社的猫。"

"是吗?那猫挺奇怪的,突然就转圈跑个不停,然后用爪子拍树,弄掉了这片树叶。"

我把叶子翻到背面,露出上面的字迹递给小良。小良没伸手接,只探头看了看:

"呃,是吗?"

"这'播种'是什么意思?"

"哦,木下先生的是'播种'啊。到底是什么意思呢?"

木下先生的是"播种"啊——小良的措辞引起了我的注意,我看

了看他,他意味深长地眯起双眼:

"木下先生,您运气真好。这是神签的启示。"

"神签?"

"就是您遇见的那只猫。这叶子上的字不是轻易就能得到的,请您好好保管。"

我呆呆地看着那片叶子。小良说这是给我的启示。"播种"是启示?

"你是说,那只猫是神的使者?"

"到底是怎样呢,我也不是很清楚。"

"傻了吧唧的。"

我心里忽然生出一股无名火,把叶子往小良身上扔去。没有几分重量的叶子没碰到他就无所依傍地落在地上。我转身就走。

什么启示啊?哪有让一只猫左右我人生的道理?

就在即将走出神社的时候,鸟居前面突然吹来一阵强风,我几乎站不稳,只得叉开双腿,勉力坚持着。

我忍了一会儿,风戛然而止。到底怎么回事?我回过神来往前走,小良的声音由远而近,从我身后传来。

"木下先生——神签好像非常中意您——!"

小良这孩子是不是热昏了头?我走出神社,在小路连通大街的路口拐了弯。

眼前是一栋破破烂烂的商住大楼。三层那家不知什么时候开的培训班还在,意味着大楼还有商户租赁。四层那个位置的窗口依旧能看到一张古怪的注册税务师海报。

一层仍然关着的卷帘门给我一种不可思议的安全感。看来还没有任何人想要租下这里,"房屋出租"的贴纸还是我离开时的那张。

直到三年前,我都在这里开塑料模型店。弘人上小学的那一年,我从证券公司离职开了这家店,经营了三十年。

"木下塑料模型"的招牌文字被业主粗劣地涂抹过,但还留有斑驳的痕迹,飞机的插图隐约可见。

二层以前被我用作仓库,内部有楼梯和一层相通,想必现在也无人租赁,和一层一起空着。我忽然萌生了一股冲动,想去里面看一看那片积满了时间和尘埃的空间。

我双手背在身后,仰头望着这座大楼,一个大学生模样的男孩从身后走过。我忽然回过神来。

这些都是从前的事了。事到如今,就算沉浸在回忆中,一切也不会有任何改变。

傍晚,君枝回来了。

"这是什么?"

她指着我放在餐桌上的塑料袋。

"哦,是打扫结束后人家给的。可能是点心吧?拿去给未央吃吧。"

"薄饼和糖……未央可不能吃这些呀。"

拿出瓶装水后,君枝不满地在袋子里摸索,袋子发出"哗啦啦"的响声。我都说拿去给孩子吃了,她竟然只知道埋怨。

"呀!"

君枝惨叫一声,把袋子扔到一边。我不知道发生了什么,走过去一看，只见一只小的透明封口袋从塑料袋里飞了出来，里面装着几粒浅褐色的、大概一厘米长的东西，口袋上贴着白色的标签，标签上的字即使不戴老花镜也能看得清清楚楚。我读出声来："金盏花。"

"哎呀——什么嘛，是花种呀。我还以为是虫子呢，吓死人啦！"

君枝捂着胸口凑到我身旁，种子是肉乎乎的月牙形状，确实像一只幼虫，疙疙瘩瘩的表皮也容易让人以为是虫子。

"真是的，越看越像虫子嘛。就算知道是种子，还是觉得硌硬。"

"铜花金龟大概就是这个大小吧。"

"您别说啦，听着跟真的似的。"

我们这一番交头接耳的交谈，引来了在电视机前看动画片的未央。

"央央也要看——"

口齿不清的她把"未央"说成了"央央"，小小的手拼命朝上伸着。君枝把口袋举得高高的。

"不行，这是爷爷的——"

"也不是我的啦。"

我简单地否认了一句，可君枝仿佛没听见一样把袋子塞到我手里，蹲下来迎着未央的目光说：

"爷爷说，他要播种。"

……什么？

她刚才说什么？播种？

一股恶寒袭遍全身，我摇摇头，把金盏花的种子放回白色塑料袋里，手碰到一片滑溜溜的、薄薄的东西。不可能吧？

我把那东西拿出来一看，正是那个"不可能"。一片绿叶，背面刻着褐色的"播种"二字。我后背冷汗直流——这东西为什么会在袋子里？我明明把它扔在神社了。

"播种、播种！"

"薄种、薄种！"

君枝和未央一迭声地边喊边笑。怎么回事，到底发生了什么？难道是在告诉我，别想从启示中逃脱吗？

"这不是很好吗？您就种一个试试嘛。我好想看看爸爸您种出来的花啊。"

君枝笑着对我说。

"我种！"——我才不会这么说呢，绝不会说。

再次被我捏在手中的那片大叶冬青的叶子上，"播种"二字的颜色变得格外浓重。

第二天是星期天，君枝要我跟着她去车站大楼，说是那里有一家儿童服装的店铺要撤店，她想趁着打折给未央买些衣服。车站大楼离我家步行大概二十分钟，一路上，未央都在婴儿车里呼呼大睡。

到了大楼，君枝没有直接去儿童服装卖场，而是来到一家百元店的园艺专区，问我买哪个好。架子上摆着五彩缤纷的花盆。

"喏，金盏花长这样。"

君枝一下子把手机屏幕举到我眼前，屏幕上是一张网络照片，圆圆的橘色花朵宛如大号的蒲公英。

"没想到那幼虫似的种子，能开出这么漂亮的花。"

君枝开心地说完,收起手机,开始挑花盆。

"这个黄色的挺可爱,但花是橘色的,容易靠色吧?干脆选一个白色的吧?嗯——好难挑啊。"

"……这个就行。"

在架子上东张西望的君枝听到我的声音,猛地停下了动作。

"这个就行,这个砖瓦色调的。"

我拿起一只红褐色的花盆,朝收银台走去。君枝轻松地喊道:

"还可以买土哟,土是一定要买的——!"

我在店门口的长椅上守着未央,远远地看着忘我地在童装推车里翻找的君枝。婴儿车微微摇晃,低头一看,是未央醒来开始活动了。

"咩咩——"

她是在叫"妈妈"。未央呜呜地哭起来,我推着婴儿车往君枝那边走去。

"喂,她醒了。"

"欸——?再等一会儿,我马上就好了。"

未央大声哭闹,不愿意继续待在婴儿车里。我解开安全带把她抱起来,她立刻贴在我身上。真难得,往常就算我主动抱她,她也很嫌弃。

未央不哭了,靠在我身上吸吮着手指。君枝瞥了我们一眼,手里仍抓着衣服:

"隔壁就是玩具店吧?您带她去那里等我一会儿。"

又是这般让人无法抗拒的气势汹汹。我把婴儿车放在君枝旁边,抱着未央离开店面。

一进玩具店,未央就扭动着身子想下地,脚刚沾地就跑了起来,对着一只毛绒玩具说:"猫——"哦,她竟然没说"喵喵",而是利落地说出了"猫"。未央紧搂着那只白色的波斯猫玩偶,我情不自禁地摸了摸她的头。她的头发又细又软,宛如一个小小的奇迹。

"你喜欢猫?"

"稀饭,猫。"

话刚说完,未央就爽快地把波斯猫扔到一旁跑了。不是喜欢猫吗?为什么这样对待它?一眨眼的工夫,未央就在柜台处一个转身,不见了踪影。我把玩具猫放回架子上,追着她跑去。

看到在墙边的货架前抬着头看商品的未央时,我的心跳得飞快。

"飞机——"

她正看着一只塑料制的飞机玩具,外面罩着玻璃罩。机身上有银色的金属配件,甚至还做了舷梯。我看了看成品旁边的包装盒,似乎是一架美国的老式航信空运机模型。机头的螺旋桨像模像样的,还会转。

"飞机——车——缠——"

货架上只展出了飞机模型,但未央指着摆在旁边的包装盒,把那几种模型挨个儿念了一遍。"缠"应该是"船"的意思。我取下塑料模型车的盒子。

"红!"

"没错,是红色的车。这叫兰博基尼。"

"昂窝噜尼。"

"对了,兰博基尼。"

我打开盒盖,未央"哇——"地大叫,激动地抻着脖子看。盒子里的零部件以完整的贴片形式嵌在细塑料框里,一共有三片。车身和车轮已经上了漆。是入门级的组装玩具,只要组起来就行,非常简单。尽管如此,久未看到这些零件的我,还是心情激动,甚至也想像未央那样欢呼。

"把这些东西一个个地拆下来,用胶水粘在一起,一点点组装。最后就能做出这张照片里的车啦。"

也不知道未央有没有听我说话,她默默地拿过那几片零件,两眼放光,又是摸又是捏的,还哈哈大笑。弘人小时候对塑料模型几乎毫无兴趣,但未央明显不同。难道这就是所谓的隔代遗传?

"想试试吗?"

"想试试!"未央清清楚楚地说。整家玩具店仿佛一下子亮了。

"好嘞,爷爷给你买。"

我扣好盒盖,正要去结账,君枝来了。婴儿车里,未央的座位上放着一只印有童装店标志的大袋子。

"久等了——未央有没有乖乖的?"

"车——!"

未央轻快地蹦来蹦去,君枝瞥见我手里的盒子,惊讶地向后仰了仰身子。

"未央她啊,说想玩这个……"

"欸,未央想玩?不行的啦,这对她来说太难了。"

君枝还想再说什么,未央已经跑出玩具店,不知道要往哪里去。

君枝慌忙跟在后头。

拒绝得如此冷淡啊。不过想想也是，君枝肯定不明白塑料模型的好。而且，我已经金盆洗手了。

我将"兰博基尼"的玩具盒放回货架，两手空空地走了。

可接下来的几天，玩具店里的那一幕一直在我脑海中挥之不去。我总是想起未央开心的表情。和布娃娃相比，她竟然更喜欢塑料模型。说不定这孩子真有制作塑料模型的天分。

"快点吃早饭吧，好吗？"

君枝站在餐桌旁嚼着面包，把勺子递到未央嘴边。未央说着"不要——！"，把勺子拍到地上："自己来！"

"不要"和"自己来"是未央最近的口头禅。君枝说，这意味着她自我意识的觉醒，讨厌被人强迫，有了主动性。弘人小时候是怎样来着？我试着回忆，却毫无印象。

"好吧好吧，那你自己好好吃哟！"

君枝有些恼火地把勺子拿给未央。

"你也坐下来吃吧？站着吃多没规矩。"

"我很忙的。"

君枝把面包塞进嘴里，离开餐桌，拿着洗衣篮去了阳台。上班前晾好衣服是她的任务，我则负责傍晚把晾干的衣服收回来。

"啊——！爸爸快来！"

阳台传来不太寻常的声音，我急忙起身赶过去，只见君枝蹲在地上，指着星期天种下金盏花的花盆。

"你看！"

花盆里冒出了三个小芽，每个嫩绿的芽上生着两片小小的叶子。

"……哦。"

我的神色情不自禁地放松下来。

"真可爱呀。"君枝歪着头说，然后麻利地晾起衣服来，"哎呀，要迟到了。"

我坐在一旁凝视着金盏花的嫩芽。这几株沉默的植物仿佛有话要对我说。

播种。

那启示莫非是……是那只叫神签的猫想让我燃起某种希望？

几粒干瘪的种子竟然绽开了如此水灵的嫩叶。这幼小的绿色令我想起未央，她小小的生命刚刚开始抽芽，自我意识终于觉醒，开始对各种事物萌生兴趣。

或许未央多少继承了几分我早已放弃的念想呢？她会不会喜欢塑料模型？那样的话，说不定我也就找到了来这世上走一遭的意义。神签是不是特意推了我一把，想让我意识到这一点呢？

"我们出门啦——"君枝和未央匆匆忙忙地走后，我思忖良久，在中午之前去了车站。

星期六，君枝问我："爸爸，能不能请你帮忙照顾未央一小会儿？"

"我想去图书馆还书，结果不小心把书掉到沙发后面了。图书馆打电话来催我归还。我顺便去一趟洗衣店，大概两小时就回来了。"

"没问题。"

这一天我已经等了很久了。之前偶尔也有短暂的时间能和未央两个人待在家里，但我从未像现在这样激动。

君枝刚出家门，我就拿出了"兰博基尼"的玩具盒。这是我偷偷去车站大楼买回来的，还备好了专用的胶水。神签的屁股让我联想到田宫[1]的招牌产品，商标上的白色五角星令人目眩。

"是兰博基尼哟，未央。"

未央正沉浸在玩具钢琴带来的快乐中。是那种只要按下琴键就会发出光和声音的玩具，好像是外婆刚买给她的。

"未央，你看这个。趁妈妈不在家，和爷爷玩这个吧。"

我打开盒子，未央看了看里面的东西，注意力很快又被玩具钢琴吸引了去。

什么嘛，在店里的时候，她明明很感兴趣的。

我将那三片零件摊在茶几上，用钳子沿着标好编号的细框剪下一个个零件。

开工后，未央终于凑了过来。

"央央也要——"

看吧，她果然想玩这个。我让未央拿着钳子，手把着她剪起零

---

[1]　田宫：指田宫公司，日本知名模型制造商，也生产专用的模型胶水。

件来。

"不要——！爷爷，没有的。自己来！"

她似乎想自己来，但这实在是办不到。零件太精细，钳子刃也很危险。

"剪零件太难了，爷爷来弄。组装的时候我们一起吧。"

"讨厌——！爷爷，没用！"

"爷爷才不是没用！"

我拿起钳子，把它放到未央够不着的架子上。君枝说得没错，现在让未央接触模型果然太早了。

"哇——！"未央哭起来，"央央要玩——！"

"好……好吧。"

我本不想这样，但还是直接用手拧下了零件。未央也用小小的手指试着拧了，但怎么也拧不动，于是开始摆弄装轮胎的塑料袋。

"打开——"

未央用力挥动着袋子，就在袋子破掉的时候，门铃响了。

我打开大门，杉田太太站在门口。

"您好，我来送传阅板。"

"哦。"

"哎呀，你一个人在家吗？君枝呢？"

"她出门了。"

我接过传阅板，正要关门，未央跌跌撞撞地走来了。杉田太太欣喜地叫道：

"哎呀，未央。你和爷爷两个人看家吗？"

未央没有回答，嘴里不知嚼着什么，脸蛋鼓鼓的。她在吃什么？

"你们在吃饭？不好意思啊……"

杉田太太的话说到一半，明朗的脸色一下子变了。未央半张着的嘴里能看到一个圆形的黑色物件，是轮胎零件。我心想不好，与此同时，未央发出"咕"的一声，扭歪了脸。

"未央！"

杉田太太穿着鞋冲进来，朝未央跑去。是不是被小零件卡住喉咙了？得赶快取出来才行。我慌忙把手指伸进未央嘴里，未央痛苦地挣扎着。

"把手指头伸进去是没用的！"

杉田太太迅速蹲下来，一条腿弯成直角，猛地让未央头朝下，肚子卡在自己腿上，"嗵嗵"地拍她的后背。被唾沫濡湿的轮胎零件轻轻地掉在地上，未央哭得很大声。

我浑身发软，一屁股坐在地上。

"这么小的玩具，对她这个年龄的孩子来说太危险了。一两岁的小孩，什么都会往嘴里放。"

杉田太太脱下鞋子放在门口，抱起哭泣的未央，走进起居室。瘫坐在大门口的我耳边飞来一声急促的问话：

"哎呀糟了，竟然是塑料模型。她没把其他的零部件放进嘴里吧？说不定已经吞下去了，还是确认一下比较好。"

——哎呀好讨厌，塑料模型这玩意儿。塑料模型这玩意儿。塑料模型这玩意儿。

我狼狈地起身走向起居室，其余几个轮胎都在，别的零件也完好无损。我长出一口气，把它们全都收到盒子里，盖上盒盖。

"……没事了。"

"下去——"未央踢蹬着双脚。杉田太太将她放下，望了望窗外说：

"啊，下雨了。"

刚才明明还是晴天，现在却忽然下起雨来。

"糟了，衣服！"

杉田太太自作主张地打开窗，走到阳台上，用晾衣竿将衣服从衣架上摘下后递给我。不够她帮倒忙的——我一面在心里嘀咕，一面默默接过衣物，脑子里还是一团糨糊。

"你种了什么吗？"

杉田太太注意到了阳台上的花盆。

"……哦，金盏花。种的是打扫绿地公园的时候，人家给的种子。"

"听说那种子是阿巴鲜花店发给大家的呢。那天我去看曾根太太了，没参加打扫……我说，它们是不是都不行了？"

我闻言一看花盆，惊呆了。

三株小苗全都软塌塌地躺倒，叶子尖已经变成褐色，彻底失去了生机。

怎么会这样？昨天我看它们好像没什么精神，还浇了很多水呢。

"是烂根了啦，你是不是浇水浇多了？"

杉田太太边说边拿起花盆。

"不过我不是很喜欢金盏花呢，它的花语不吉利，你知道吗？是

'别离的悲伤'。"

我的耳朵嗡嗡作响。别离的悲伤,不吉利的金盏花。

杉田太太放下花盆,挺直了身子。

"说起来,君枝身体怎么样了?要是太严重,就得做手术吧?"

"君枝的身体?"

"呃,阿哲,你不知道吗?"

她在说什么?见我沉默不语,杉田太太的神情变得非常古怪,像是明白了什么似的点了点头:

"对,对啊,想想也是……没有告诉阿哲呀。那么,我先告辞了。"

她忙不迭地离开了。

我的胸口掠过一丝钝痛。不知道,我总是不被告知的那一个。无论对方是谁,无论是什么事。

大约三十分钟后,君枝回来了。

未央正在长垫子上睡觉,盖在肚子上的毛巾被随着她的呼吸起起伏伏。

"唉——早知道就带把伞了。真倒霉!"

君枝一面用毛巾擦头发,一面走进起居室,注意到扔在垃圾桶里的"兰博基尼"的盒子,不可思议地看着我。

"……刚才啊,塑料模型的轮胎卡住了未央的喉咙。"

"欸!"

君枝跑到未央身边。

"杉田太太正好来敲门,帮了大忙。她现在没事了,只是在午睡。"

"啊……是……是吗？太好了。之后我去杉田太太那里，向她道谢。"

"对不起。都怪我让孩子玩那种东西。"

见我低头认错，君枝摇了摇头。

"没关系，也怪我没说清楚。不是塑料模型的问题，只是她这个年龄玩实在太早……"

"你生病了吗？"

君枝绷起脸来。

"什么病？"

尽管我主动问起，君枝还是低着头不说话。雨点敲打着屋顶，发出回响。

过了一会儿，君枝忽然抬起头，扯出一个刻意的微笑："没什么大不了的。"

——三年前的那天也是这样。下着雨，繁子却十分愉快。那是我第一次见到那样的她。她身上浅绿色的开襟毛衣、大颗的翡翠项链、鲜艳的口红，我都是第一次见。她就像一个陌生的女人，我却觉得这身装扮很适合她。

早上起来，繁子在起居室等我，一见到我，立刻不自然地笑着说："早安。"那是她满六十岁，从供职的医院退休后的第二天。她只在桌上放了一张离婚申请。

"工作坚持到最后一刻，弘人和君枝也有了他们的家庭，我也想要过自由的生活了。从今往后的人生,我只想做自己喜欢的事——"

离婚申请已经填好一半了,繁子按了和她的嘴唇一样颜色的朱红手印。我张着嘴,压根儿不明白发生了什么。繁子继续说道:

"就像你一直以来做的那样。"

一个尖锐的声音响起,仿佛有人用钳子"咔嚓"钳断了金属。繁子抓起沙发上的单肩包,愤恨地嘟囔道:

"……塑料模型这玩意儿。"

我有一种被人用锤子砸了的感觉,那不祥的声音至今仍然不时回响在耳边。我竟不知道繁子一直以来如此讨厌塑料模型。

"你突然说些什么……弘人呢,他怎么说?"

思前想后,我总算说出这句话,繁子把单肩包挎在肩上,莞尔一笑:

"那孩子早就知道呀,他支持我。"

支持?事态是什么时候变成这样的?繁子见我无话可说,像给下属布置工作似的,爽快地说:

"离婚申请写好之后给弘人,他会把它带到我住的地方的。那就这样,接下来就拜托你了。"

现在想想,若要挽留繁子,我当时也许有无数的话可以说。可最终,我什么也没说。不仅没说,还像个傻子似的呆呆地站着,望着繁子的背影,除此以外什么也没做。

"永别啦!"大门关上了,只剩下繁子轻快的声音回荡在房间里。

我不记得自己后来的几天是怎么过的,只是傻愣愣地发呆,根本不知道该做些什么。三天后,弘人来了。

"妈妈想离婚也在情理之中啦。爸爸你不是从很久以前就一头扎在店里不出来吗？在家的时候几乎不说话，妈妈得了感冒你都不知道，只对塑料模型感兴趣。和这样的爸爸生活在一起，一直以来，我也很痛苦啊……小时候，我也很羡慕那些休息日和爸爸妈妈一起去游乐园的朋友，也想要一个愿意和我一起打棒球的爸爸。"

我什么话都说不出来，唯有当着弘人的面填好离婚申请。那之后，弘人再没有正经和我说过一句话。

直接告诉我不就好了吗？说自己感冒了，很难受。说想和我玩投接球。你们什么都不说，所以我以为你们没有不满。事情闹成现在这样，也太过分了吧？我们对对方的心意，竟然已经疏远到了无可挽回的地步——

"没什么大不了的。"这句话之后，君枝便刻意躲避我的目光。

"能告诉杉田太太，却不能告诉我吗？"

我这样一逼问，君枝噘起嘴来：

"啊——果然是杉田太太……我都跟她说过没什么大不了的了。"

"为什么你们所有人都把重要的事瞒着我？为什么只有我永远被蒙在鼓里，受你们排挤？！"

君枝吃惊地望着我。

"繁子和弘人都走了，只排挤我一个人。啊，没错，沉浸在塑料模型的世界里，是我不对。所以我彻底不玩它了！"

"爸爸不也一样不讲关键的问题吗？不要再把所有的责任都推给塑料模型了！"

这句话有如当头泼下的一盆冷水，我捂住了耳朵。

"吵死了！吵死了，吵死了！"

"您要去哪儿啊？"

我抓起伞，跑出家门。雨势愈渐强烈。

早在我关店很久以前，塑料模型就卖不动了。网上购物的兴起也加速了关店的进程。偶尔还有小孩来买机器人动画的塑料模型，但四年前车站大楼的玩具店开始营业后，大家就都跑到那边去了。尽管如此，我依然动用储蓄勉强维持着店面，是繁子帮我撑起了这个家。

以前是很好的，几乎没有一天没有客人上门。圣诞节的时候，会有父母悄悄过来买一只塑料模型，顺便买下礼品包装纸。元旦时，有的是拿着红包来店里的孩子。他们买不买都无所谓，光是看他们兴奋的神情、捧着模型盒子的模样我就开心。每当有孩子欣赏我做好的成品，称赞它们很棒的时候，有孩子目不转睛地看我在店的一角拼装模型的时候，我都大为满足。仅仅是感受到大家对塑料模型的喜爱，于我而言就已足够。

然而，时代早就变了。

几乎和繁子退休同一时间，我已经暗自决定关店。继续经营下去经济上也捉襟见肘，剩下的人生，我想和繁子两人靠养老金慢慢地度过。我们夫妻之间虽然话不多，但从今往后就一起散散步、泡泡温泉吧。想做塑料模型，在家做就好了。我想等店真的关了，再和繁子好好聊一聊。

没想到事情竟然变成了这样。繁子离开那天，正好是我跟房地产商办完店铺租赁解约手续的第二天。屋漏偏逢连夜雨，弘人刚来电告诉我繁子向市役所提交了离婚申请，紧接着我就听说了喜助的讣报——因心脏病突发去世。喜助是我从小玩到大的好朋友，也是我唯一愿意敞开心扉的人。

我朝神社走去。穿过鸟居，取出钱包里的大叶冬青叶子。

这东西一定是凶兆。

我根本没求过神明给我启示。叶子上写着"播种"，我就冒冒失失地种了花，又打算培养未央对塑料模型的兴趣。金盏花的花语是"别离的悲伤"？这片叶子要把我伤害到什么地步才罢休？神签那家伙，肯定在笑吧。那是对我的嘲笑。

"神签！喂，神签！臭猫！"

这臭东西，这臭东西，我已经深陷不幸了，它竟还要推我一把。

"神签是叫不来的哟。"

回过头，小良撑着伞站在我身后。今天他穿着和服裤裙。

"您怎么了，这么生气？"

"这片叶子啊，不知道怎么回事，我明明把它扔了，它又出现在我拎的塑料袋里。"

"嗯，是啊。那天刮风的时候，我看到叶子钻进您拎的袋子里了。所以我想，神签应该很希望告诉您一些什么……"

"这是凶兆吧，大凶。我不要这东西，给我换一个大吉！"

小良忽然沉默了，半响，露出一个稳重的笑容。那柔和的神态和喜助的面容重叠在一起。每当我烦躁地抱怨时，喜助总是带着这样的表情劝我。

小良有些惊讶地说：

"这座神社只在正月里开放求签，可是很有意思，大多数抽到'凶'的人，都想重新求一次签。"

"……"

"或许是不认可自己会抽到'凶'，或许担心抽到'凶'就会变得不幸，总之，人们往往不愿以'凶'收场。所以有时候我会想：假如在求签箱里放满了'凶'，说不定能大赚一笔。哈哈哈。"

"这可不是我抽的，是被硬塞到手里的。"

我提高了声量，小良直直地凝视着我。

"木下先生，您误会了。神签的启示不分吉凶，只是为了向您转达重要的、指引性的信息。"

"……真是了不得的指引呢。金盏花枯萎了，我外孙女还受了罪……它到底想启示我什么？是说我播下了不幸的种子吗？还是想告诉我，我是个没用的人？这些我早知道了！"

雨更大了。我虽然撑着伞，裤脚还是湿了。

"看样子雨一时半会儿是不会停的，不然别站在这里聊了，去我们社务所喝杯茶怎么样？町内会的会长送来了一盒和式点心。"

小良扬了扬手中和式点心店的纸袋，催促我。

来到社务所，我坐在桌前，小良便开始备茶。他在社务所主事已经三年了。喜助还在世的时候，我关店后，有时也会来这儿和他喝一杯酒。

"……还放在这儿呢。"

玻璃罩子里装着平等院凤凰堂的模型，是我做的。当时喜助说想要，我就连罩子一起送给了他。

"是的。来做客的人个个都饶有兴味地欣赏它，可佩服您啦。"

"把寺院模型摆在神社里，没关系吗？"

听我这么说，小良一边斟茶一边笑道：

"神在这方面很开通，只要是美的东西，它大概都喜欢吧。"

一只热气腾腾的茶碗摆到我眼前，我哼了一声：

"神根本就不存在。至少神从三年前开始，就抛弃我了。"

"身为神职，我很难认同您的说法呢。"

小良递上和式点心，我没有接，继续念叨：

"店垮了，妻子突然扔给我一张离婚申请，儿子离我远去，儿时的玩伴先我一步离开人世。我几乎同时失去了所有重要的东西。如果神真的存在，如果它守护着我，又怎么会有如此不幸的事情接二连三地发生……"

说到这里，我心里一惊：我儿时的玩伴喜助离开人世，也就意味着小良失去了父亲。

"喜助走的时候，你也……你也一定很难过吧？你就没有恨过神吗？"

"难过啊，特别难过。"小良微笑着，"但父亲的死究竟是幸还是不幸，我是不知道的。"

他的声音十分平静，我不由得噤了声。

"这只是我的个人感受——"小良慢条斯理地剥着和式点心的包装

纸,"我觉得,神很少对个人做些什么。当然,也不是说这种情况就不存在。但相比之下,似乎有某种无论如何也无法抵抗的、压倒性地超越人类智慧的不可抗力时刻在我们身边,我们往往是从这股力量之中随意地承接些什么或拒绝些什么。从这股力量之中,我们更能感受到神的存在。"

"……好艰深啊。"

这话虽然艰深,却在我心里回响。小良咬了一大口点心。

"比如说,雨就是雨。人们好像觉得下雨是天气不好,实际上,天气不存在吉凶,也不存在幸或不幸。下雨就只是下雨。我既不能让老天爷下雨,也不能让雨停,却能找到约木下先生喝茶的理由。"

"……"

"幸亏有这场雨。这就是我今天随意承接的神的恩惠。"

小良舔了一口沾在嘴边的豆沙,笑了。

我和小良聊了些有关他父亲的回忆,走出社务所的时候,雨已经停了。

提着折好的伞回到家,家里空无一人。果然连君枝也对我心如死灰了吗?

如果迟早有一天会被君枝和未央讨厌,如果她们迟早有一天会离我远去,那我不想喜欢上君枝,也不想觉得未央可爱,不想因为和她们住在一起而高兴。

但是,已经来不及了。我已经把君枝和未央看得很重。分担家务、帮忙拎买的东西、在孩子们放学的路上挥旗子，这些起初只觉得麻烦的事，如今我都乐在其中。就连和君枝你一言我一语地拌嘴、听未央含混不清的讲话，我也开始觉得幸福。

于现在的我而言，失去这些日常，是如此可怕。

我早就知道，我根本不算不幸。这把年纪了，上天还赐予我一段意想不到的温柔时光。可正因如此，我才一直拒绝接受。

为什么呢？因为我不愿只是单方面享受幸福。因为如果像君枝、未央这样，和我在一起感受不到幸福的话，到头来，我也会变得不幸。

"嘎吱"一声，门开了。君枝一个人走进来。

"我回来了。"

"……未央呢？"

"我把她暂时拜托给水泽家了，今天让她睡在那边。我想和爸爸聊一聊。"

她肯定要告诉我，她要离开吧。我让未央遭遇那样的危险，她想带着孩子离开，也是人之常情。

"我也跟杉田太太道过谢了，她一直很担心。"

"……别走。"

"欸？"

"求你别走，跟未央一起，和我生活。"

我双手撑在榻榻米上，低下头去。

"我保证再也不玩塑料模型了。我对塑料模型的喜欢，会让周围的人变得不幸。这次我真的懂了，所以求求你，不要走。"

过了一会儿，君枝长叹了一口气。

"不会走的啦，我们待得这么舒服。"

我抬起头，君枝撇着嘴，仿佛在强忍笑意。

"您当时也跟妈妈这样说，该多好啊。您本来不想离婚的吧？客观来说，妈妈做得是过分了。但您也有您的不对，不说清楚她可不知道呀。就像刚才和我说的那样。"

"如果说得不合适，那我道歉。"君枝说了开场白，"爸爸，您是不是许了愿，想以不再碰塑料模型为代价换妈妈回来？恕我说一句残酷的话，妈妈应该不会再回来了。她现在和别的男人住在一起。"

……又是这样。

事态总是避开我逐渐发展。

但不可思议的是，我松了一口气。原来如此，繁子如今已经在新的生活里找到幸福了。即便我再等下去，也无济于事。原来，我已经不用再等了。

君枝从壁橱里取出"兰博基尼"的盒子。看来在我不知道的时候，她把它从垃圾桶里救了回来。

"我说，这个我们可以一起做吗？"

"您教教我嘛。"既然君枝这样说，我就一面告诉她什么是流道、什么是浇口，一面操作起来。到了组装的阶段，我很快便意识到：

"你的手很巧啊。"

"是吗？"

君枝满不在乎地把车灯嵌进车身。怎么说呢，她摆弄小物件的时候，动作很熟练，完全不像初学者拿零件那样笨拙。

君枝学东西又快又好，不到一个小时，一比四十三的兰博基尼 Urus 模型就完工了。虽然售价只要一千日元左右，但也配了车标，一点儿都不廉价，是相当不错的商品。有光泽的红色车身傲然闪着光。

君枝没有说话，双手捧着它，递给了我。

"嗯？怎么了？"

"爸爸，您果然不记得我了呢。"

君枝将"兰博基尼"放在桌上。

"小学四年级的时候，哥哥去修学旅行时，我不小心摔坏了他的塑料模型。是一辆白色的'天际线'。后视镜掉了，发动机罩有了裂纹，我吓坏了，立刻冲进了木下塑料模型店。"

"可那时候，你不是住在千叶吗？"

君枝缩了缩脖子。

"嗯，我家是在我五年级的时候搬去千叶的，之前一直住在绿地公园后面的小区。到我二十岁之后，全家又搬了回来。"

"我之前没听说啊。"

"是我没有说。"

君枝"嘿嘿"地笑了，露出洁白的牙齿，继续道：

"我没钱买新的塑料模型，不知道模型店能不能帮忙修好它，忐忑不安地走进店里，店老板坐在角落的工作台前——"

"是我吗？"

"没错。您当时在做一艘超级精细的游轮，表情可严肃了，都没注意到我走过去。桌上有好几个超小的零部件，店老板一个接一个地把它们拼装在游轮上，没有半分迟疑，仿佛是那些零件自动吸附在船身上的。店老板浑身上下都在发光，那可能就是所谓的气场吧。所以当时我觉得——"君枝喘了口气，自言自语般地嘟囔道，"他就是神吧。"

我立刻感到羞耻万分，而君枝兴致勃勃地继续说：

"于是，我大概跟他打了五次招呼，他总算听见了。听了我的情况后，店老板拿过'天际线'瞥了一眼，只对我说了一句话：'明天过来取。'"

曾有这样一个女孩子来过店里吗？这么说的话好像是有，但我早就不记得了。

"第二天一放学，我就飞奔到店里，'天际线'被修得漂漂亮亮的。我感动极了。裂纹根本看不出来。而且，爸爸您连修理费也没要我付呀。"

"后视镜掉了而已，用胶水粘上就行了。发动机罩上的裂纹用腻子一糊，把表面打磨光滑就好。白色涂料的色号我大概都知道，重新刷上一层也不是什么难事。这么轻松的活计，哪至于跟一个小学生收钱啊？"

"这对您来说也许轻而易举，可远远超出我的智力范围。我原本怕惹哥哥生气，打算瞒着他这件事的，可您把模型修得那么好，我太佩服，竟和哥哥摊牌了。"

我几乎忍俊不禁。超出智力范围什么的，这不是小良才跟我说过的话吗？

"那之后我们很快就搬走了,所以我没能再去店里。但那件事成就了我和模型命定的相遇。"

"命定?"

君枝拿出一张照片。

照片上的她比现在年轻,手持一张奖状,站在一座西式建筑模型旁边。

"这是……"

"不错吧?"

奖状上写着:娃娃屋大奖赛　优胜奖　水泽君枝。

"最开始,我学着您的样子,制作船只模型、飞机模型等。上高中的时候,忽然对娃娃屋产生了兴趣。从此以后,娃娃屋就成了我人生道路上的同伴。未央出生后,我决定先忍耐一阵子,不碰它们。但那份压抑最终使我下定决心,给孩子喂奶的时候我想好了:不远的将来,我一定要开一家娃娃屋店。"

君枝的目光从远处投来,饱含热忱。

"我工作的那家杂货店的人也在帮我,不久前,我请他们帮我做好娃娃屋的样品,摆在店里售卖。我在一点点攒钱,很快就要达到目标金额了。我还在家附近找到了不错的房产,一边做各种准备,一边再学一些杂货店的知识,春天大概就能开店了。"

好厉害啊。

君枝心旌摇荡的样子令我着迷。原来这孩子也要开店吗?

君枝捧起"兰博基尼",再次将它递给我。

"爸爸，和我一起干吧。再开一家店吧。"

有一瞬，我的呼吸仿佛都要停了。君枝向前探出身子：

"您当然是卖塑料模型。不，您在店的一角负责制作就好。您就是最棒的招牌。"

她的话令我怦然心动。然而，这种心动却让我觉得恐怖。

"塑料模型这玩意，已经跟不上潮流啦。"

"我们来带动潮流就可以了。偶尔办个制作工坊不也挺有意思的吗？父母和孩子可以一起参与。我们开一家模型专卖店，主要经营娃娃屋和塑料模型。"

真有这种美梦一般的好事吗？信息量过于庞大，一时间，我说不出话来。君枝望着我，温和地说：

"抱歉一直没和您说这些。我在街道联谊中认识弘人，听说他是那个店老板的儿子，我大吃一惊。木下本不是多么罕见的姓氏，弘人之前也没和我提起过您。直到要和您见面谈婚事的时候，我才听他提起您的店，惊讶到不知说什么好。"

"那你怎么一直都没说……"

君枝深吸了一口气，吞吞吐吐地说：

"……是弘人，叫我不要提的。"

原来是这样——我明白了。没办法，我的那些光辉历史弘人肯定觉得索然无味，想必他也不愿意讨我的欢心。

"看来我是相当招他讨厌啊。"

这在我的意料之中。君枝却歪着头疑惑地说道：

"真的是这样吗？说实话，我也感到意外。弘人被公司调任时，我提出想和未央一起住到您这里。当时他可高兴啦。'谢谢你，这下我就放心了。拜托你了。'他那表情好像都快哭了。那之后，他一下子对您的事绝口不提，又像往常那样摆出一副无所谓的姿态。木下家的人啊，真是个个都很别扭呢。"

弘人……他竟说了那些话吗？我还以为是君枝硬逼着他，他才不情愿地答应下来的呢。"谢谢你""这下我就放心了"——这些话真的是他说的？

"弘人并不讨厌塑料模型，他只是嫉妒罢了。小时候，您曾要他别在您做模型的时候打扰您、别碰模型，他说那时他很难过，觉得您爱塑料模型胜过爱他。我想，他之所以对您这样，或许和'因爱生恨'有些类似吧。"

啊，这个我有印象。那是我刚开店的时候，一次组装模型时，不小心把喷漆洒了一地，弘人就在这时候过来了。稀释剂的味道十分刺鼻，我担心弘人会不舒服，就叫他别过来。他要拿刷了一半漆的塑料模型时，我确实也曾叫他别碰，要是涂料粘在手上就麻烦了。类似的事，也许发生过不止一两次。

原来弘人是因为这个，才不再到店里来的啊；也是因为这个，才见到塑料模型就摆臭脸的啊。尽管我那样做完全是为弘人着想，却既没让他了解到塑料模型的好，也没让他感受到父爱。

"我还是……在播种上不得要领啊。金盏花也枯萎了。"

君枝轻轻摇头：

"种子这东西，本来就是凭自己的意志脱离母体，飞到一个陌生的地方，自顾自地生根开花的吧。不仅我如此，以前常去那家店的小孩和大人，如今一定在某个地方，按照自己的心意生根开花了吧。"

君枝用力攥住我的手：

"您以前一直在那家店播种，您播下的种子不计其数。"

君枝的手又暖又润，不免让人好奇她的身体究竟是哪里不好。或许她不想说，但我无论如何也要问个清楚。只要能为她治病，什么事我都愿意做——什么都行。

"那么，你的病……"

"唉，真是的！"我刚迟疑着挑起话头，君枝猛地向后一仰身子："果然是非说不可啊。我得的是痔疮啊！痔疮！"

"……痔疮。"

君枝噘起嘴，飞快地说个不停：

"我也有羞耻之心啊，不想跟您说这些！做检查那天杉田太太去看曾根太太，我们在医院偶然遇上了。谁知道综合医院的候诊室为什么要对外开放啊？我当时在肛门科候诊，根本无法辩驳。"

"那……要做手术什么的吗？"

"我把屁股露出来，医生给我按了按，然后涂了药就完事了啊。前面有几天连坐着都难受，但现在几乎好利落了，没事了。医生只说放屁的时候要注意，别憋着。就像相扑运动员踏脚那样，把腿撇开了放就行了。"

"哈哈哈，君枝大力士啊。"

"看吧,您还笑话我。痔疮真的很疼啊!"

君枝歪了歪嘴,然后像小学生一样露出天真的笑容望着我。

我播下的种子在君枝心中生长,不知道今后谁会从君枝那里接下新的种子。信念或许就是如此,于不经意间传承下去。

既然如此,我就继续做一个热爱塑料模型的人吧。

即使不知道我播下的种子,会在哪里自由地盛开。

我会造飞机。

还会造船、车,有时还造城市。

孩子们在这些精巧的成品面前惊讶地瞪大了双眼。孩子身旁的父亲——也曾是孩子的男人一脸怀念地拿起塑料模型的盒子。

娃娃屋办的制作工坊等活动,也常引来不少客人。他们一个接一个地走进店里。

每个人,都沉浸在小世界的创造中。脸红扑扑的,眼神清亮。

不过这些都是后话了。

我只是一个喜欢塑料模型的老头子。但一定也有神明,守护在我这样的老人家身旁。

[第五片叶子]

—

正中

猫の
お告げは樹の下で

对我而言最美的东西，别人往往觉得非常恶心，因此，我不再提起自己喜欢什么。我把心爱的东西藏在心里，不让别人触碰、玷污它。

可一旦下了这样的决心，我就不知该说些什么，很快就成了"不说话的阴暗家伙"。反正无论真正的我到底如何，在大家眼中我不过是名叫深见和也的转学生，所以这也是没办法的事。

最开始，我也做过一些努力。

我在七月这个尴尬的时间点转学。马上就要放暑假了，我站在浮躁的教室里，迎来全班同学的注目。之前的那所小学，我所在的年级只有一个班，而且班里只有二十五个人。所以当新班主任牧村由纪老师告诉我"从今天开始，你就是四年级三班的学生了"的时候，我着实吃了一惊。这所小学的四年级竟然有五个班，每班四十人。挤挤挨挨的课桌，挤挤挨挨的同学们。我攥住自己发抖的指尖，站在黑板前向大家问好。没有人说一句话,大家只是面无表情地凝视着我,令我尴尬万分。

那天,没有任何同学来和我打招呼。我只是偶尔感受到几道闪躲的目光。

放学前的班会结束后,教室里的气氛轻松下来,有四个男生聚在一起,商量一会儿要去哪里玩。

我下定决心走近他们,用尽量明朗的声音和他们打招呼。

"请问,可以和你们一起玩吗?"

空气蓦地凝固了。四张脸孔,八只眼睛齐刷刷地朝向我。而下一个瞬间,八只眼睛又同时移开,四个男生迅速交换着目光。

怎么办?怎么办?怎么办?怎么办?

没有人开口,但交错的目光说出了他们的心声。

我为自己的过失后悔不已。四人中个头最大的孩子看着我道:

"如果去你家的话,也不是不行。"

其他三个人也露出看珍奇动物的眼神,等待我的回应。这让我有些难办。因为我答应过妈妈,她不在家时不带人到家里玩。但只要我不说,她也不会知道。今后可能成为朋友的人说想去我家,我还是很开心的。

于是我告诉他们自己的住址,约好三十分钟后见,匆忙跑回家,把目力所及的地方大致收拾了一下,确认装大麦茶的茶壶在冰箱里,准备好杯子,等他们来。

不知道他们四个是约在哪里见面,总之是一起来的。提出要来我家的孩子姓冈崎,体格结实。后来我听说,他从小一直学习柔道。冈崎打头阵,他们几个从大门鱼贯而入,随意地在客厅坐下,打开了电视。

"有PS吗?"他们问。我回答没有。他们又问:"那,Wii之类的呢?"我回答也没有。[1]

"你们要喝大麦茶吗?"我问。对方反问道:"有没有果汁?"抱歉,果汁也没有。

"我们玩这个吧。"冈崎说着,从书包里拿出了卡牌。另外三个人也各自拿出卡牌,在餐桌上玩起了卡牌游戏。我对这种游戏没有了解。只够四人坐的桌子坐不下了,我就站在一旁看着。他们四个玩得开心极了,我只是站在一旁,仿佛消失了一般。以至于我轻轻掐了下自己的胳膊,确认自己是真的在场,而不是在不知不觉间变成了幽灵。

游戏分出胜负后,冈崎起身,开始参观我家:厕所、浴室、爸爸和妈妈的卧室。其余三人跟在他身后,我紧张兮兮地跟在他们四个后面。"好小""好旧""好破"——听他们这样说,我不免有些抱歉。最后,他们来到我的房间,冈崎检阅完书架上的漫画,说了一句:"没什么有意思的东西啊。"

"那是什么?"

冈崎指着窗边架子上的两只瓶子问。我的心微微一震,以为他对我的宝贝很有兴趣。

那只空果酱瓶里,装的是我获准在上一所学校的校舍里采集的东

---

[1] PS和Wii分别为索尼公司和任天堂公司推出的游戏机。

亚砂藓。它们生长在杜鹃丛之间,在潮湿的环境中会变成星星的形状,很可爱吧?

另一只空佃煮瓶里,装着生长在我上一个家的院子里的苔藓,学名是波叶仙鹤藓,波浪般的形状很温柔,我很喜欢。苔藓有趣极了,即使没有土也能成活,叶子会吸收空气中的养分。它们会在水泥地、石墙等地方找一个落脚的地方,不妨碍其他植物,活泼地生长。

苔藓随自己的心意自由生长,我不想伤害它们,所以很少采集,只有这两棵对我有纪念意义,我才把它们带到了新家。

"那个啊,那是我……"

冈崎不等我解释,就拿起瓶子往里瞧。

"哇,这是什么东西!这家伙竟然收集霉菌!"

其他三人也凑到冈崎身边,吵嚷起来。

咻噜噜噜——我听到自己的心连同身体枯萎的声音。那不是霉菌,是苔藓啊。我很珍惜它们的。我想大喊出声,可好像被什么东西扼住了喉咙,发不出声音来。

"你干脆别叫深见,叫深霉算了。"

听到冈崎的提议,大家爆发出可怕的笑声。

我也想笑。大概只要笑一笑,无论是他们还是我,就都不会把这个玩笑当回事了。可是,我的眼泪自作主张地流了下来,冈崎发现后一脸扫兴。

"那是……苔藓啦。"

我颤抖着声音竭力申辩,可冈崎粗鲁地把瓶子放在一边。

"霉菌和苔藓没区别嘛,真恶心。"

有区别，冈崎你对苔藓一无所知。霉菌是细菌，不是植物，它们是苔藓的劲敌。我平时细心照料这些苔藓，为的就是不让它们发霉。可恶的霉菌有百害而无一利，冈崎却将它和低调又纯洁的苔藓混为一谈，我打心眼里不乐意。"我们去玩游戏吧。"冈崎对其他三个人说完，他们四个就回客厅去了。我赶忙跑到窗边，太好了，苔藓们平安无事。冈崎没有乱晃瓶子把它们弄得一团糟，已经是不幸中的万幸。当然，它们也没发霉。

冈崎等人重新沉浸在卡牌游戏中，大概玩了半小时便回家了。而从那天开始，大家对我的称呼就变成了"深霉"。

那之后很快就放暑假了，我本以为到了新学期会有什么变化，可我还是深霉，无法和任何人打成一片。同学们对我熟视无睹，我没有遭遇校园暴力，也没有被人恶搞。我的情况和被疏远也不一样。但谁都不和我说话，我也不主动和别人说话，课间和放学后总是一个人。

抽签换座位时，抽到我旁边位置的孩子和牧村老师说了些什么，然后我的同桌就变成了冈崎。我感到浑身上下像注了铅一般沉重。

"嗨，深霉。"

冈崎坏笑着在我旁边坐下。

从此我就坠入了地狱的深渊。冈崎动不动就大声挑逗我：要么是自作主张地翻我的铅笔盒，说我的铅笔太少了，要我多带几根；要么是说我的图画课作业做得太糟糕了，问我要不要帮忙……净是这些不胜其烦的事。不知从什么时候开始，冈崎似乎成了我的"负责人"，其他同学更不愿接近我了。

起初我不明白为什么会这样,觉得不可思议,但很快便知道了原因。一天放学后,牧村老师叫住了我。

"深见君,你习惯这所学校了吗?"

她蓬松的裙摆摇曳着。牧村老师任教三年,平时总穿带褶边或蝴蝶结的洋装,待学生亲切得如同好友一般,在学校很有人气。她一双水灵灵的大眼睛上粘着上翘的长睫毛。

我轻轻点了点头(除此以外,我也不能有其他反应),她开心地双手合十:

"太好啦。你这么快就有了昵称,和大家打成一片了!深梅,听起来像个吉祥物的名字呢。"

和大家打成一片。

不知道绰号的由来当然是没办法的事,但她的想象还是让我有些受伤。牧村老师略微弯下身子对我说:

"如果有哪里不明白或者遇到了麻烦,问冈崎君就可以了。老师已经拜托冈崎君平时多帮助你了。"

牧村老师歪了歪头,偶像般漂亮的面孔上露出得意的笑容。哦,原来是这么一回事。我全身脱力,真想一屁股坐在地上。谈话已经结束,老师却依然笑呵呵地站在我面前。于是我知道,她在等我对她道谢。

"……谢谢您。"

"不用客气。课间休息的时候,我看你总是一个人,怪可怜的。"

牧村老师满足地冲我摆摆手离开了,涂了两层的指甲闪闪发光。

我这才知道，原来课间休息时老老实实地一个人待着，比和大家一起大声吵嚷更显眼。原来在牧村老师眼中，我是个"可怜的学生"。

之所以从静冈的乡下搬到这里，是因为爸爸工作上的安排。除此以外，父母没有对我透露更多。不过，一天深夜，我偶然听到父母的讨论，具体原因不太清楚，总之是爸爸的公司情况不妙。我想，这大概就是搬家的原因吧。从之前住的二层独栋搬到东京的公寓后，爸爸立刻就开始在朋友供职的玻璃工厂上班，妈妈也开始在超市做收银的兼职。

以前是全职主妇的妈妈不习惯长时间站立的工作，总是十分疲惫。尽管如此，她还是很关心我，经常担心地问："你在学校怎么样？"

很开心呀，老师性格很好，班里的同学也都很有趣。我变换着说法，大致传递着这些信息。课间休息时独自一人对我来说不算什么，但在父母眼中，自己的孩子有没有朋友似乎是非常关键的问题。

爸爸被安排上夜班，晚饭的餐桌上经常摆着超市的半成品饭菜。对这些，我没有任何怨言。只是每当和妈妈单独相处，她总是会问我同一个问题，让我有些难过。今天也是一样。

"和也，你在学校过得好吗？没有被人欺负吧？"

"我不要紧的啦。"

我笑着说。妈妈，我真的不要紧，根本没有人欺负我。我只是不合群罢了。

"没事就好。牧村老师也说过，这所学校没有欺凌现象。"

我默默地喝着味噌汤。妈妈不知想到了什么,站了起来。

"这是我今天打工的时候拿的。"

她递给我一张传单,是功课辅导班的免费试听宣传。

"这所学校的孩子,都有上补习班或请家教吧?学费太贵的补习班咱们上不起,但功课辅导我觉得还可以考虑。反正试听是免费的,能去的话就去听听看?"

我接过传单,虽然没什么兴趣,却难以拒绝妈妈努力堆砌的笑容。

"嗯,我去听听。下星期三,对吧。"

我尽量让自己的语气显得轻快,咬下一口超市做的炸肉饼。

星期一那天,晨会上发生了一件不大不小的事。

暑假作业有一项是"写一句与和平有关的标语",每班评出一个优秀奖,获奖的学生可以拿到奖状。蒸笼般闷热的体育馆里,老师念出一个又一个名字,被点到的同学一个个站到台前。我们这些台下的学生烦躁极了,不管怎么说,这样也太浪费时间了。

突然,靠墙那边传来"哇"的惊呼。好像是山根老师晕倒了。山根老师是四年级二班的班主任,是一位面色苍白、纤弱的男老师。他和牧村老师年龄相仿,却不像她那样热情活泼,总是给人一种战战兢兢的感觉,瘦得皮包骨头。

此时此刻,几位老师围在无力地趴在地上的山根老师四周,和台上相比,学生们的注意力明显更偏向老师那边,我也踮着脚尖观望。

这时,有个一身白衣、身材高大的人飞跑而来,乍看上去,简直像一个斗篷在空中翻飞的英雄。原来是穿着白大褂的医务室老师姬野小百合。她体态丰腴，头发打着卷，手脚也相当粗壮。姬野老师轻声唤着山根老师，一只手抄到他的身下。

唰——姬野老师一个公主抱，轻轻松松地抱起山根老师，大踏步地向前走去。其动作之迅速，令我刮目相看。

学生们爆笑不止，笑声几乎将体育馆掀翻。老师们也笑了。但我笑不出来。到底哪里好笑？我完全摸不着头脑。

山根老师还好吗？还有，姬野老师好帅，真的好帅呀。

姬野老师将山根老师轻轻放在体育馆的一角，那里的门敞着，空气流通，还在阴凉处，想必很凉爽。她把脱下的白大褂卷成一团，用它代替枕头，把山根老师的头枕上去。

"山根被俘虏啦。"

冈崎说。他周围的那帮家伙哄然而笑。我忽然对上冈崎的目光，被他狠狠瞪了一眼。恐怕没笑的只有我一个吧。于是我勉强扬了扬嘴角，扯得脸颊生疼。

姬野老师平时绝不算和蔼可亲，甚至看上去有些冷漠。她的眉毛很粗，眼睛又大又圆，白大褂套在身上紧绷绷的，胖到连胸前的扣子都系不上。要说学生们对姬野老师的态度，那可是相当过分。在走廊上和她擦肩而过时，会出声地说："哇，她来了！"还有孩子故意贴着墙，躲着她走。"姬野小百合"这个可爱至极的名字，似乎反而引起了大家的嘲笑。

尽管牧村老师说，这所学校没有欺凌现象，但这种行为不就是欺凌吗？面对学生之间的矛盾，校方显得紧张而慎重，而当学生残忍地对待老师时，学校为什么如此漠不关心？

第四节课的下课铃响起，与此同时，我的胸口开始发闷。从换座位开始，一直如此。

打饭的时候，可以避开无论如何也不想吃的东西，或者少吃一些。我挑食并不厉害，但最近的饭量逐渐减少。今天一口也不想吃，这样肯定不行。奶油炖菜、卷心菜和金枪鱼沙拉都是我的最爱，可我一点儿食欲也没有。假如剩了饭冈崎又要大呼小叫，于是我每样都打了很少的分量。

回到座位上，冈崎出现在我眼前。午饭时大家是把课桌拼在一起吃的，他必然要和我面对面。

国语课上意见讨论的时候、做理科实验的时候、课上分小组活动的时候，我都能想办法应付过去——多看看别人、拼命记笔记，只要做些什么，时间自然会过去，唯有吃午饭时无论如何也无法逃避。从前我不知道，面对一个容易让自己紧张的人吃饭，是一件多么痛苦的事。"怎么回事啊，深霉，你就吃这么点儿？"冈崎吐槽道，"这样可长不高啊！"

冈崎模仿大人的语气说。班里的同学笑了，我也低着头，翘起唇角。牧村老师大概认为这就是"和大家打成一片"吧。不过她说得也没错，大家对我没有恶意。可是，我为什么如此抗拒呢？

冈崎一会儿讲起我听不懂的游戏相关的话题，向大家显摆似的笑笑；一会儿说起其他同学的坏话，强迫身边包括我在内的同学站在他这边；一会儿自吹自擂，大家不得不恭维他"真棒啊"。我尽量低着头,不看他,逼着自己吃完了炖菜。真对不起食堂的阿姨,饭菜明明很可口,如今的我吃起来却味同嚼蜡。

  星期三放学后,我去了功课辅导班。

按照传单上那张地图的指示,我找到了一栋破旧的大楼。三层有一块招牌,一层的卷帘门垂着,也许目前无人使用。

我坐上吱嘎作响的电梯,推开一扇门。妈妈事先和对方联系过,辅导班的老师立刻笑着跟我打招呼:"是深见和也君吧?这边请。"

我被带到一套桌椅前面,随即,心跳仿佛要停止似的——冈崎坐在旁边。

"咦?这不是深霉吗?!"

冈崎身旁的好几个人一齐望向我。不知道他们是来自其他班级,还是其他学校,总之都是陌生的脸孔。我登时动弹不得。

"这家伙叫深霉,要说为什么嘛——"

冈崎煞有介事地拖长了声音。别这样,别这样,别这样。我想回家。这种功课辅导班,上不上本来就没什么所谓。但如果我掉头就走,老师肯定会联系妈妈吧。平时我的一点儿小事妈妈都会操心,我可不想让她知道这些。

我默默坐下。冈崎像捕获了什么绝密情报似的,和一个孩子窸窸窣窣地说了些什么。那孩子听后大笑着说:"不会吧——!"

老师拿来一份数学卷子。我反复看着题目,那些符号和数字胡乱摊在纸上,根本跳不进我的大脑。

功课辅导班结束后，趁着冈崎和其他孩子聊天，我匆忙离开了教室。如果沿着来时的路回去，我们说不定会遇上。我乘电梯下到一层，立刻拐进大楼旁边那条窄路。路的尽头能看见一座神社。

我来到神社前面，正好有人走出来。是一个女人和一个小男孩，肯定是母子俩吧。男孩的妈妈梳着时尚的发型，穿一条水蓝色的短裙，人很漂亮。小男孩和妈妈手牵手，笑呵呵的。和我一脸憔悴的妈妈相比，这位妈妈俨然更加轻松而幸福。她大概不用去打工，可以一直待在家吧。如果是这样的话，我可真羡慕啊。要是我也不用去上学，每天都待在家里就好了。

穿过石头造的鸟居，右手边是净手池，我在那里洗了手。忘了带手帕，便在裤子上抹了抹水。环顾整座神社，我不由得松了一口气。除了我，这里没有任何人。太阳就要落山，空气中透着凉爽。

我站在前殿前头，用力摇响铃铛。伴着一阵"哐啷啷"的低响，我直觉神明听到了我的呼喊。但我没有香火钱，怎么办？

我认真地双手合十，紧闭着双眼，先向神道歉——对不起，没带钱还来祈愿，但求求您倾听我的愿望。

请让我的校园生活别再那么无趣。

张开眼，我望着前殿。殿里有一座神轿似的东西，和一面圆形的镜子。神明会听到我的愿望吗？神到底长什么样子？

我偏开目光，向上看到大殿的屋顶，露出满意的微笑。顶上铺着铜，环绕前殿的石墙边缘覆着一片青苔，好像盖了一张手帕。果然这里有这种苔藓——舌叶藓，多生长于铺铜的屋檐下，喜欢寺院或神社，低调而雅致。我蹲下来用食指碰了碰它，这时，忽然有一只黑色的生物倏地从我身边横穿而过。

是猫。它背上的毛黑亮亮的，四只脚掌好像穿了白色的鞋。

猫行云流水般跳到树下红色的长椅上，它的耳朵和眼睛四周也是黑的，眉间到脖子的三角区域是纯白色。

这只猫前腿并拢，后腿折叠而坐，很美、很有气质。它直勾勾地盯着我，仿佛找我有事一般。我朝长椅走过去，问它：

"我可以坐在你旁边吗？"

猫轻轻点了点头。

这明明是不可能发生的事，可我看得千真万确。我静悄悄地在长椅上坐下。猫还是目不转睛地抬头看着我，用它澄黄透明的瞳孔。我忍不住对它说了真心话。

"……去学校太痛苦了。"

猫仍然目不转睛。

"尤其是吃饭的时候，我痛苦得受不了。下次换座位时，说不定牧村老师又会自作主张地把冈崎安排在我旁边。我想过再忍半年，升上新的年级就好了，但这半年对我来说太漫长了。想到明年也许还要和他同班，我都不太相信自己还能忍下去了……"

话说到一半的时候，猫就把脑袋蹭在我的大腿上。我忍不住想哭。它是在安慰我吗？我轻轻伸出手，抚摸猫的脑袋。

柔软而顺滑的皮毛下是单薄的肉，肉下面是硬硬的骨头。我感受着这个温暖而切实的小生命。猫不会说谎，不会强颜欢笑，不会疑神疑鬼，它诚实地陪伴在诚实的我身旁，让我安心极了。

我的泪水扑簌簌地落下，打湿了猫的后背。猫惬意地闭上眼，靠在我身上。伞柄似的尾巴静悄悄地缓缓摇动。

"谢谢你啊。"

我的话音刚落，猫便慢悠悠地起身，对我报以一个温柔的微笑——我也觉得奇怪，但它确实是微笑了。接着，它"腾"地从长椅上跳下，朝一棵树的树根走去。它屁股上有一个白色星星的图案，活像按在身上的图章。

我也站起来，走到猫的身旁。那棵树枝繁叶茂，仔细观察，一些绿色的叶片背面好像写着些什么。是明信片树！静冈的邮局也有一棵，用手在叶子上抓一抓，就会留下这种褐色的印记。课外班上，老师曾发给我们一人一片这种树叶，要我们写一封信，在叶子上贴好邮票就能寄出去，所以我写了几句暑期的问候，将它寄给了奶奶。好怀念啊。我看着头顶的叶子，上面有的写着"全家平安"，有的写着"想在现实世界中活得充实"，而猫围着树，一圈圈地转悠起来。我觉得有趣，便也跟着它一起转。没想到猫突然开始猛冲，我呆呆地在原地站了一会儿，只见它像龙卷风似的，绕着树转了不知道多少圈。然后戛然而止，"唰"地伸出左脚，像按按钮似的将肉乎乎的脚掌拍在树干上。一片树叶飘飘然落了下来。

正中。看上去像某个陌生国度的名字，也可能是人名。但在日语

中,它就是"正中间"的意思吧。

"正中,是指正中间吗?"

猫听了我的问话歪了歪头,仿佛在说"谁知道呢",然后一溜烟儿地跑远了。我知道了,这是寻宝!这座神社的正中间,一定藏着什么。

我跟在猫身后,但它的速度实在太快,我很快便跟丢了。本以为它会为我的寻宝之旅带路,这一来不免有些扫兴,但还是怀着激动的心情在神社里转了一圈。哪里是正中间呢?前殿和大叶冬青树之间有一条窄窄的台阶,那上面好像也有东西。神社的地形似乎有些复杂。我拿着叶子,站在下方抬头向台阶上望,只能看到茂密生长的深绿色树丛,没有人的气息,似乎有些恐怖。不过,既然那只猫告诉了我这个秘密,我便咬紧牙关,拾级而上。

越往上走,绿意就愈发浓烈。我尽量什么也不想……也就是说,尽力消除脑海中有关这里可能藏着妖魔鬼怪、天狗、盗贼等的想象,数着自己的步子,一步步走到台阶尽头。一共四十五级台阶。

台阶之上是一座比下面更大的神社。挂在殿前的铃铛也很气派。两侧的石狮子像看门狗似的,一副机警的神态。左手边略高的小山包上,有一座将够一人通过的小鸟居和一面红幡。许多棵高大的树木将四周围住,树叶"簌簌"地摇动。

耳边忽然传来脚踩落叶的"唰啦"声,一个大家伙从神社后面现身。熊?我吓得跳了起来,摔坐在地上。

"哎哟,你还好吗?"

不是熊,是一个身着蓝色衣服的大叔,那身衣服好像是工作服。

他身材矮胖，但嗓音温柔。大叔伸出一只手，把我拉了起来。

"吓到你了吗？抱歉。"

大叔的另一只手里拿着竹扫帚。他是清洁工吗？

"天快黑啦。"

"请问，这座神社的正中间在哪里？"

"正中间？这个嘛，在哪里呢？"

大叔的手抵在下巴上，认真地思忖。

"我在为猫咪寻宝。"

我递上树叶，大叔"哦"了一声，仿佛眼前一亮。看来他也知道寻宝的事。

"你收到了一样好东西呢，运气真好。不过，宝贝不一定在这座神社哟。"

"这话是什么意思？那只猫是什么来头？"

"那只猫，我们叫它神签。叶子上的话是它给你的启示，请好好保存。"

"启示？不是寻宝吗？"

"不，或许和你想的不太一样，不过寻宝这个比喻我觉得合适极了。虽然没人知道是不是能立即找到宝物。"

乌鸦的叫声传来，大叔的脸被夕阳照得红彤彤的。

"好啦，你该回家了。"

大叔和蔼地笑着。我东张西望，想看看那只叫神签的猫是否就在附近，可哪里都没有它的身影。

"我可以再来吗？"

"当然可以,随时欢迎你来。"

转身从台阶那里俯瞰,是铺展开来的街市。我和大叔一起走下台阶,向他鞠了一躬便回家了。

第二天早上,冈崎问我:"你要上功课辅导班吗?""不知道。"回答时,我盯着桌上的橡皮。和冈崎说话时,我总是朝下看,因此他不会出现在我的视线中。我只在冈崎和我搭话的那一瞬看他一眼,随后看的要么是自己的手、笔记本,要么就是黑板。如果对话时我站着,就看脚上的室内鞋。因为单是碰到他的目光,我就浑身僵硬。

骨骼结实、人高马大的冈崎给人的压迫感非同一般,我觉得自己像被什么东西吞噬了似的,身体越缩越小。我们明明是同班同学,差距怎么会大到像大象和老鼠一样?

牧村老师走进教室,站在讲台前。

正中——我想起神签的启示,我将那片树叶夹在平时偷偷随身携带的苔藓口袋图鉴里。正中,指的到底是哪里呢?比如说,学校的正中?教室的正中?

老师发话了:

"我们今天的学校活动来决定一下音乐会指挥和钢琴伴奏员。请学习委员做司仪。"

"好的——"

冈崎站了起来,他是委员长。副委员长楠田也走到讲台前。

"有没有人报名参加竞选?"

冈崎的目光在教室中逡巡,楠田拿起粉笔站到黑板前。很明显,他将司仪的任务完全让给冈崎，打算认真履行书记员的职责。

没有人报名竞选指挥。

"如果没有人自愿报名，就由同学们推荐了。"

日下部仿佛就在等候这个时机，立即说："我觉得冈崎可以胜任。"日下部是我转学来的那天，到我家去的男孩之一。

"欸？那也行吧。"

冈崎显得很意外，但这种表现恐怕是按照写好的剧本来的吧。冈崎又问有没有同学举荐其他人选，但谁都不举手。牧村老师一拍手："那就定下来了。"全班同学都没有意见。我也是。

我恍然大悟——

在这个班上，冈崎的位置就是正中。意识到这一点，我有些失望。不过，也许正是如此。只要跟在位于正中的冈崎身后，无论冈崎说什么都赔笑、都同意，大概一切都可以完美收官吧。

这就是我探到的珍宝？

钢琴伴奏员迟迟定不下来。没有人主动报名，班上两个学钢琴的女孩被推荐后也都不情愿。

"那就在松阪同学和远藤同学之中选出投票多的一位。"

冈崎硬是要把流程走下去。这时，松阪忽然大喊："等一等！"

"我得了腱鞘炎，最近不能弹琴，所以无法胜任。"

"这样啊。"冈崎痛快地妥协了。松阪平时是个活泼开朗的女孩，面对如此直言不讳的表达，他大概也无法再钻空子。直截了当，这也是一种"正中"。我了悟似的轻轻点头。

冈崎顺理成章地说：

"那就拜托远藤同学了。"

远藤肩膀一抽,脸色苍白地轻轻摇头。她平时总是安安静静的,很少发表意见。看来她是真的不想接下这个任务。就算在学钢琴,就算会弹,也不一定能胜任合唱伴奏的工作。

"……我不行。"

细弱的声音令冈崎皱起眉头。

"远藤同学也有腱鞘炎吗?"

"不是的……我……不想……"

远藤快要哭了似的拼命挤出话来,面对这样的她,冈崎态度强硬。

"那就只有我们班没人伴奏吗?"

远藤沉默着低下了头。

"大家怎么想?"

教室里鸦雀无声。冈崎果断地说:

"现在举手表决。同意只有我们班没人伴奏的人,请举手。"

所有人都僵住了。不只没人举手,大家连动都不敢动。

"那么,同意让远藤同学伴奏的人,请举手。"

无数只手像海浪般"哗啦啦"地举起来。正中,这就是正中的意见。此时的我也应该举手吧?没错,只要和大家一样就是安全的。我的右手从桌子上抬起十厘米左右。可是——

不对,不应该是这样的。

我的手又放回桌上。尽管感受到冈崎的目光,我还是低着头,双手攥拳,一动不动。

坐在讲师座位上的牧村老师走到远藤身边。

"远藤同学，咱们班没有其他学生能弹钢琴了。难得一次的演出，你就努力试试看吧。好吗？它会成为一个美好的回忆，老师也会陪你练习的。"

远藤没有回答。老师拍拍她的肩膀，对大家说："好了，接下来，大家选择一首歌曲吧。"之后，老师肯定会用某种方法说服远藤。

我稀里糊涂地上完后面的课，午餐时间到了。

今天的菜单是纺锤面包、炸白肉鱼、南瓜浓汤、菜豆沙拉。炸鱼和面包只能论个来点，所以我只要了一条鱼、一个面包。南瓜浓汤和菜豆沙拉则是一样一口。胸口比平时堵得更厉害。干脆偷偷把面包装进书包带回家好了……我正望着手中的面包，坐在对面的冈崎说话了。

"深霉，你也得了腱鞘炎？"

"……没有。"

"什么嘛，我还以为你的手疼得举不起来，可担心了。"

也不知是否听明白了我们的对话，坐在旁边的手塚"嘿嘿"地笑了起来。我对手塚既不喜欢也不讨厌，但看到这幕情景，不禁毛骨悚然。我也曾经这样笑过，丝毫没有走心，只为应付当时的局面而笑。如果用钢笔在纸上迅速地将这个笑容描绘下来，就会画出一张极其单薄的笑脸。

实在受不了了。继续待下去，我只怕会疯掉。我的身体自作主张地行动起来，拿着面包跟跟跄跄地起身，朝门口走去。

"搞什么啊，深霉？你到底怎么啦——！"

一片喧嚣中，装出优等生模样的冈崎的呼喊像一根利箭冲我飞来。为了不被那根箭射中后背，我连忙逃到走廊上。

不顾一切地跑到一层后，我就不知该往哪里去了。如果直接回家，事态一定会更加糟糕，虽说如此，现在我也不能再回教室。

面包，我手里还拿着面包。怎么办？裤兜里又装不下它。

只能吃掉了。但要在哪里吃呢？

我能想到的可以彻底独处的地方只有厕所，于是朝一层的角落走去。走进男厕前，正好有个人从旁边走过。是一位穿白大褂的医务室老师。

我不由得停下了脚步。是曾在晨会上令我感动的姬野老师。我目不转睛地望着她，恍如走在街上意外地遇见了明星。

"你怎么了？"

明星向我搭话了。

"我打算把它吃掉……"

我猝不及防地说出这个答案。

"在这里吃？"

姬野老师望着面包，一双大眼睛滴溜溜地转了转。见我沉默不语，她面不改色地说：

"医务室有桌子和椅子。"

姬野老师巨大的身躯在楼道里晃悠着前进，我跟在她身后。老师什么也没问。如果这时她对我说"在厕所吃东西不干净，不要这样"或者"发生什么了吗？和老师说说吧"，或许我真的不会再开口和任何人说话了。但她那句爽快的"有桌子和椅子",等于告诉我"这里有你的位子",我一下就放松了许多,几乎要发出满足的叹息。

医务室在一层的尽头,也可以从外面出入。走进屋里,几个在长桌前吃午餐的学生吓了我一跳。两个女孩,一个男孩,好像属于不同的年级。

"挑你喜欢的位置坐。可以跟那几位同学一起,窗边也有位置。"

窗边放着一套单人桌和圆木椅。姬野老师为我挪开了原本放在桌上的文件,我便坐在那里啃起面包来。坐在长桌前的孩子们继续安静地吃饭,似乎没人在意我,大家只是偶尔低语似的交谈几句,笑上几声。眼前这幅图景就像在草原上欣赏小鸟,宁静而祥和。

姬野老师轻盈地走出去,待我吃完面包,又轻盈地走了回来。

"我和牧村老师说了你在医务室。你可以在这里多待一会儿,也可以等上课了再回去。随意就好。"

我很吃惊。这是我第一次和姬野老师打交道,我什么都没说,她怎么知道我是四年级三班的深见?见我眨巴着眼睛,姬野老师吐出"室内鞋"三个字。哦,原来是这样啊。我的鞋子上用魔术笔写着"4-3 深见"。

"哈哈哈——"姬野老师笑了。我也笑了。

第五节课开始后,我鼓起勇气回到班里。不过,想让学校瞒着妈妈到底是不可能的,当天晚上,牧村老师就给家里打了电话。妈妈握着听筒一个劲儿地哽咽,一会儿点头哈腰,一会儿眼泪汪汪的。偏偏爸爸今天又上早班,傍晚就回家了,于是晚饭是一家人坐在一起吃的。

"这不是欺凌。"

牧村老师似乎一再强调这一点。

"冈崎君只是想让深见君早点适应新的集体,主动帮忙而已。但他太热情了,也许给深见君造成了一定的惊吓。"

放学后,牧村老师细致地问了我许多,而我固执地只说自己"当时不想在教室吃饭"。她大概从冈崎那里问到了什么,所以尽量维护着冈崎,先下手为强。

老师也让我接了电话,最终的结论是,只要我愿意,今后去医务室吃饭也可以。不知道为什么,牧村老师一直情绪高涨,电话挂断后,我几乎累得瘫倒。

爸爸从妈妈那里听说了这件事,开始焦躁地发火。

"那个叫冈崎的家伙,蛮不讲理吗?"

"没有蛮不讲理,只是会说些不中听的话。"

"什么叫不中听的话?"

"比如他不叫我深见,而是叫我深霉。还把我喜欢的苔藓说成霉菌。"

我不想让父母知道我在家里没人的时候带人来玩过,只好含糊其词。

"这点儿小事算什么?别那么娇气!"

爸爸"咚"地一拍桌子,味噌汤在碗里左右摇晃。

"长大之后,比这让人难过的事多得数也数不清呢!这点儿小事就把你打倒了,今后可怎么行?"

比这让人难过的事多得数也数不清吗……我疲惫不堪,虽然很饿,却动不了筷子。妈妈哽咽着说:

"和也面对他不习惯的环境,也很努力了。你别这么训他,不就是午饭去医务室吃吗?和也,课你还是有好好上的吧?"

妈妈的眼睛在流泪,嘴角却拼命地弯起笑容。我用力点头。

对不起,对不起,妈妈。是我不好,让你担心了。自从决定搬家开始,我就没见过妈妈真正的笑容。

第二天,冈崎一句话也没和我说。我很轻松,但这样似乎也有这样的紧张。随着第四节的课结束,我的右手变得僵硬。冈崎的座位在我的右手边。

负责盛饭的同学为我盛好饭后,我就端着盘子去了医务室。从走廊走过时,说不上为什么,我的心情很平静。

哦,现在只有我从正中被甩了出去——我想。本想尽量跟上大家的步伐,走在路的正中,可偶然脱离队伍在草丛里走了走,我却发现这样也没什么大不了。说不定他们正在班里说我的坏话呢,但这些对我来说,完全无所谓。只是一想到妈妈,我就觉得心痛。

今天的菜单是墨西哥辣肉末配蘑菇汤,面包配薯条。我的肚子咕咕直叫。昨天的两个女孩今天还在医务室,正在长桌前画十分细致的线条画。这些学生是从早到晚都在这里吗?草丛里的日子真是安闲。

昨天的男生不在,不知道是没来上学,还是回了教室。姬野老师不知在堆满文件的桌前写着什么,看到我,只是"噢"地打了个招呼。

一个陌生的学生端来午餐,放在其中一个女孩面前。原来有人给她们端饭。另一个女孩的饭,一会儿也会由班上的某个学生送来吧。

我将托盘放在窗边的桌上,看着窗外。还没有人在校园里活动,窗外沙尘飞舞。我从衬衫下面拿出偷偷夹在裤腰上的苔藓口袋图鉴,放在托盘旁边,开始吃午饭。

"唰啦"一声,拉帘子的声音从我身后传来,回过头,有人从床上坐了起来。是山根老师。刚刚竟然有人躺在那里,我丝毫没有发觉。

"你还好吗?"

姬野老师问。山根老师不好意思地笑了笑。

"好像好了很多。让您费心了。"

山根老师一面抚平网球衫上的皱褶,一面走过来,遇上我的目光,莞尔一笑。

"啊,苔藓的书?"

山根老师走到我身边,他的语气格外柔和、亲切。

"你喜欢苔藓?"

听他这样问,我嚼着面包点了点头。

"我也特别喜欢。"山根老师说着,若有所思地闭上眼,"雨停后,湿润的苔藓闪闪发光,那情景太梦幻了,让人陶醉啊。"

我感动得几乎喘不过气。没错,就是这样。看来山根老师是真的认真欣赏过那抹风景,而不是刻意和我交流。

"我可以看看这本书吗?"

"好的。"

当然可以了。我又开心又害羞,笑嘻嘻地咬着薯条。

"看来你经常读它啊,这本书也会高兴的。"

山根老师格外小心地翻着书页。

"转学前,我有时边看这本书边和朋友一起找苔藓……不过到了这边,我喜欢的苔藓被人误以为是霉菌——"我说。

我很难过——我欲言又止。如果向老师告状,事情会变得更加麻烦。山根老师露出稳重的笑容,说了一句我没想到的话:

"霉菌被显微镜放大后,也很漂亮呢。"

我不再咀嚼口中的薯条。

"是吗?"

"嗯,霉菌给人类和其他生物添了不少麻烦,但它也能让芝士变得更加美味,还能入药,为人们提供帮助呢。"

山根老师的话让我很受冲击。之前我对霉菌一点儿也不了解,只是一味地讨厌它们,想当然地以为它们只有糟糕的一面,是恶心的东西。这样说来,我和冈崎又有什么区别呢?

山根老师轻轻地把书放回桌上,对我说了句谢谢。看样子,他还是有些难受。

"您不舒服吗?"

山根老师虚弱地回答:

"有一点儿吧。最近总是吃不好、睡不好的。"

他虽然说话时面带微笑,但好像很难过。

"以后有机会,再让我看看这本书哦。"

他对我说完,朝姬野老师鞠了一躬便离开了。山根老师也没有问我为什么在这里吃午饭,医务室真是一个神奇的地方。牧村老师和爸爸都没完没了地向我提问,这里却不一样。还有,山根老师不吃午饭吗?

吃完饭,我从医务室去了图书室。中午的图书室只有一位管理员和几名高年级学生,大家都在坐着看书。

书架的一角有一本霉菌图鉴。我将它借来,和苔藓的口袋图鉴一起藏在裤腰里,回了教室。

绝对绝对绝对,不能让任何人发现它们。

星期六下午,我又去了那座神社。因为我想见到神签。

我在神社里走了很多路,走过下面的前殿和台阶上面的正殿,还怦然心动地发现台阶连着一片杂树林。石碑,树干,树下的泥土……树林里四处都生长着美丽的苔藓。林中还有一个小小的池塘,铺在池塘四周的大石头上,密密麻麻地生长着松软而茂盛的东亚虾藓。

我蹲下来摸那些苔藓,总觉得这样做能和它们搞好关系。我在口袋图鉴里读到,虽然它们很小,但用手去抚摸,就会有小芽或叶子飞出来,有利于繁殖。

最终,伴奏员一职确定由松阪担任。听说她后来主动报名,说离音乐会还有一段时日,自己的腱鞘炎过不了多久大概就能好了。

我在放学回家路上,听见松阪和其他女孩聊天,才知道她的腱鞘炎原本不太严重,当时只是心有不甘才刻意拒绝。

"冈崎在施压，远藤还哭了。搞得大家紧张兮兮的，我不愿意这样。自选曲目定下来了，是《请给我一双翅膀》。我觉得这首我能弹，也没什么的，就接受了。"

松阪也是正中，和冈崎不同，她的正中是中立。她主动从中调节了平衡。而我能站在爸爸和妈妈中间，协调家人的关系吗？我没有这个自信。

不知道为什么，我好像根本无法站在中间的位置。

寻宝已经不重要了，我想和神签一起玩，想被它那双聪慧的眼睛凝望，摸摸它柔顺的皮毛，似乎仅仅如此就能重获平静。

可我没见到神签，只有那位大叔拎着白色塑料袋，独自从我身后走过。

下个星期一的早晨，大家收到一份通知书。

"山根老师离职了。"

牧村老师话音刚落，教室里一片哗然。通知书是发给监护人的，上面写着，山根老师因身体不适辞去教师工作，由二班的副班主任接任班主任的职务。

"情况很突然，没能和大家道别，山根老师也感到遗憾。不过大家不用太为他担心。"

牧村老师迅速而简短地做了传达，便转移话题，开始说郊游的事。冈崎回过头，坏笑着和手塚说：

"山根得的是神经病。"

"是吗?"手塚接住他的话头。

"听说喝了很多药,被救护车运走了。我妈是家长会的一员,所以信息属实。"

"欸——真够呛啊。"

手塚语气兴奋,"咯咯"地笑了。

又来了,一股强烈的违和感涌上心头。这样的事,他们怎么能说得这么开心?我实在是无法理解。

还有,山根老师后来怎么样了?严重到被救护车运走的地步,现在是什么状态呢?我眼前浮现出山根老师苍白的脸。

第一节课下课后,我追到走廊上,叫住牧村老师。

"老师!"

牧村老师疑惑地看了我一眼,立刻露出天气预报员一般爽朗的笑容:"怎么了?"

"山根老师现在怎么样了?"

"哦,"牧村老师的目光游移,迟疑了片刻说道,"他好像住院了,具体情况我就不太清楚了。"

也许是想避开这个问题,老师开朗地换了话题:

"话说深见君啊,你有在医务室好好吃饭吗?如果有什么困难,随时都可以跟我——"

"老师。"

"嗯?"

牧村老师歪了歪头,脸上堆着绢花般的笑容。

"神经病,是什么意思?"我问。

人造的花瓣一片片凋落，老师的笑容变得极为扭曲：
"……是心生病了的意思吧。"

那天一放学，我就去了神社。我知道不该在回家路上贪玩，但真想早点见到神签。我直觉只有神签懂得我的心情。

我背着书包，在神社里走来走去。

"神签——！"

神社里没有别人，我便试着大喊。

可神签没有出现。

"到底在哪儿啊……"

我抱着头，坐在遇见神签的红色长椅上。

正中。

神签，这对我来说好难啊。

我一直认为，心生病了的人，要么会拼命笑话别人，要么会若无其事地践踏别人珍惜的东西。

山根老师看到那本破破烂烂的图鉴，立刻就明白我是因为经常读才翻旧了它。他也能欣赏在大自然中闪光的苔藓之美。山根老师的心根本没有生病，他明明有一颗比任何人都健康、漂亮的心啊。

山根老师为什么非要喝那么多药呢？为什么非要辞去学校的工作不可？为什么被人从正中间排挤了出去？

一片叶子飘然落下。我捡起叶子，抬头一看，神签正在树上，用它金黄色的瞳仁望着我。

"神签！"

我站起身。是神签，神签，我好想你！

神签灵巧地从树枝跳到树干上，一路利索地跳下来，像是完成了一场华丽的演出。

黑色的身体，雪白的足尖，屁股上的五角星。神签打滑似的靠在我的小腿上。我刚要伸手，就想到自己还拿着一片树叶。叶子上什么也没写，也许它只是从树上落下来了。我将叶子塞进裤兜，抱起神签，径直坐回长椅上。

神签的头在我胸口的位置，三角形的耳朵耷拉着。我用右手摸它，从它的脑门摩挲到后背，它闭上眼，两只前爪轻巧地搭在我的左臂上。扑通扑通——像时钟般有规律的震颤传来。我把脸埋在它皮毛顺滑的后背上，闻到树的清香。

"山根老师啊，辞去了学校的工作。"

我对着神签的后背说。

"他才刚刚告诉我有关霉菌的知识啊，我还有话想和山根老师说呢。"

神签的脑袋在我怀里使劲蹭了蹭，然后"噌"地竖起尾巴，从我腿上跳下来。我以为它不想被我抱了，没想到，它在千钧一发之际，衔住了从我裤兜里飞出去的叶子。

"欸？这片叶子上也写东西了吗？"

神签叼着叶子递给我。我接过来，眯着眼睛仔细端详。

但我看遍了叶子的每一处地方,却一个字也没有看到。

神签再次定睛看我,我也凑近它的脸,和它对望。没想到,神签用它那倒三角的小鼻子轻轻碰了碰我的鼻子。那是瞬间发生的事,那个轻盈的触碰,让我整个人都变得轻飘飘的。

我还在发呆,神签已经"嗵"地从长椅上跳了下去。走出两米左右,又回头看了我一眼,然后大步流星地跑了。

被它孤零零地留在长椅上,寂寞重新来袭。

神签走掉了。

这片什么字都没写的叶子,到底意味着什么呢?

"哎哟,你好啊。"

打扫卫生的大叔从净手池后面一个家宅似的地方走出来,今天他脖子上挂着一条毛巾,手里拎着水桶。他走到我坐的长椅前,放下水桶,用毛巾擦脸:"这时间,天还热得很呢。"

"神签刚才又给我一片叶子。"

我话音刚落,大叔就疯了似的大喊:"欸?欸欸欸欸欸!"

"你又见到神签了?!太厉害了,竟然能见第二次,大概是千年一次的概率吧!"

"但树叶上什么字也没有。它用鼻子碰了碰我的鼻子,马上又跑掉了……"

"它居然亲你了……!好棒啊!"

大叔双手捂嘴,轻轻摇晃着身子。我将树叶举过头顶。

"这是明信片树的叶子对吧?"

"你懂得很多嘛。这树的正式名称是大叶冬青,一些邮局也会种,有不少人喜欢它。"

"是的。我以前的学校给学生们发过它的树叶,当时我在上面写了暑期的问候,把叶子给奶奶……"

话说到一半,我心中灵光一闪。

这是明信片树的树叶,可以用它写信。

"我会再来的!谢谢您!"

我跳下长椅,对大叔道谢后跑出了神社。

山根老师:

  我试着读了霉菌图鉴,得知霉菌可以制成青霉素拯救人的生命,制作鲣鱼干时也有其用处,非常吃惊。原来霉菌不光有讨人厌的一面,也有了不起的一面。了解到这一点,我很开心。谢谢您让我学到了这些。

深见和也

我用圆规的针尖在叶子背面写了信,第二天吃午饭时,和姬野老师商量了这件事。我说想把信寄给山根老师,姬野老师爽快地收下了它:"好的,我一定会把信送到。"

尽管我还有很多话想说,可叶子只有巴掌大小,即使把字写得小小的,也已经填满了。

"居然用大叶冬青的叶子写信,真有情调啊。"

姬野老师说。

"是一只叫神签的猫告诉我的。"

"猫?"

我从苔藓图鉴里取出神签第一次送给我的叶子,给姬野老师看。

"您看,这里写着'正中'吧?"

姬野老师似乎想说些什么,可她很快闭上嘴,点了点头。

"嗯,是啊。"

"听说,这是它给我的启示。所以我一直在想,到底怎样才能到正中间去。可看来是没办法的,我这人,溜边就正好。苔藓也是一样嘛,长在路边、水泥缝里,或者花坛的一角。对我来说,正中间的位置太累了。"

"嗯。"姬野老师点点头,那不是肯定的语气,更像是暂时停下脚步的、疑问的沉吟。

"恐怕只有人类认为,苔藓长在路边吧。也许它们认为自己就是地球的中心呢。"

仿佛有个东西"嗵"的一声,在我的心里着陆。就像神签从长椅上跳下时那样。

是啊,苔藓总是在正中。

自己所在的位置就是正中,真正放在心上的事就是正中。自己内心的正中，就是这个世界的正中。

午休就要结束了，我沿着走廊走向教室时，听到了另一栋楼里的钢琴声。

我顺便去了趟音乐教室，偷偷往里一看，远藤在独自弹琴。她的手指灵巧地活动着，演奏格外流畅动听。

一曲终了，她弹得太棒了，我不由得拍起手来。远藤吓了一跳，抬头看到我，不好意思地笑了。

"你弹得好棒啊，我很感动。"

听了我的话，远藤站起来，轻轻抓了抓裙摆。

"我很喜欢弹钢琴，但不愿意在太多人面前弹。我只是喜欢而已……可明明会弹还拒绝做伴奏员，是我太任性了吧。"

我用力摇头。

刚才我看到的远藤，是满怀喜欢钢琴的情绪演奏的。如果她不情不愿地接下伴奏员的任务，必然会走到"喜欢"的反面。

四天后，姬野老师递给我一个白色的信封，是山根老师给我的回信。

"他已经出院了，说是回老家山形了。"

姬野老师对我说完这些，就离开了四年级三班的教室。她是午休时特意来给我送信的。

大部分男生都在户外活动，只有几个女生聚在教室的角落里聊着天。

我坐在自己的位置上，安静地拆开信封，和信封一样雪白的横线便笺上，写着工整的小字。

深见和也君：

谢谢你寄来写在叶子上的信，我真的真的很高兴。

你看了霉菌图鉴啊。和也君说得没错，霉菌不是只有缺点，它还有强大的力量，能帮人类做许多事。但霉菌不要求我们的感谢，不会故意为难我们，也不会因为给人类添了麻烦而抱歉。霉菌只是按照它们的心意生活，这就是大自然最伟大的地方。我觉得，这也是人类永远无法战胜它的地方。

有人认为，对地球来说人类就是最大的恶；甚至有人说，最好的环境保护就是人类灭绝。虽然无法否认这些言论，但我还是相信，人类对地球也不是一无是处。地球时刻都在变化、成长，或许有一天人类真的会不复存在，但我想，现在的我们至少是有理由存在于这个世上的吧。因为人类毕竟也是大自然的一部分。

和也君为苔藓的美而感动，意识到"原来霉菌不光有讨人厌的一面，也有了不起的一面"，这对地球来说，大概就是很有意义的一次进化。我深信，和也君的想法一定会以某种形式与未来相关——使地球变得更美好的未来。尽管我也无法解释那具体是怎样的形式。所以，希望和也君永葆对未知的好奇，永远诚实地面对自己对事物的喜爱。

抱歉突然辞去学校的工作。我一直希望自己成为一名满足大家期望的教师，以至于总在强迫自己接受那些直觉不太对劲的事，或对它们视而不见。不知不觉间，一切逐渐走样，最后，我甚至无法理解原本的自己了。

但收到和也君的信，回信的时候，我忽然想起来——

当初我正是想和孩子们这样聊天，才选择成为老师的。

很感谢你。稍作休息之后，我大概会去找一份能按照自己的心意生活的工作。

请多保重。我绝不会忘记你的。

山根正

我将这封信反复读了三遍，珍重地将它夹在苔藓的口袋图鉴里，和那片写有启示的树叶一起。

午休还剩下一点儿时间。我从柜子里拿出刚从图书室借来的书，在自己的桌上摊开。

托姬野老师带走写在叶子上的信的第二天，我开始在教室吃午饭。要是觉得厌烦，随时都可以去医务室。如此想来，我便踏实了许多。

功课辅导班我没有再去，我告诉妈妈："我有好好在学校听讲，没问题的。"也不算相应的补偿吧——我拿给妈妈一张星期天在植物园举办的苔藓球制作海报。海报放在公民馆的活动介绍区，我看到便拿了回来。"我们一起做吧。"在我的邀请下，妈妈久违地笑得很开心。

预备铃响了。我合上书，起身要把它放进柜子。这时，冈崎回来了。

"哇,深霉,你竟然在看细菌的书!"

我没理他,径自走向柜子。抱在怀中的这本细菌图鉴里,写了好多有趣得不得了的东西。尽管说起来有些倒人胃口,但冈崎的肚子里也有上亿个细菌,此时此刻也非常活跃呢。

见我毫无反应,冈崎也许是不满意了,大喊道:

"喂,深霉。别装傻充愣啊!"

我不叫深霉,所以我不理他。

"喂!"

冈崎一把拽住我的胳膊。

我压低了声音,坦然地说:

"干吗?"

我的目光有神,从正面望向冈崎,直直地看到他的内心正中。

低着头佝偻着身子的时候,冈崎总是居高临下地望着我,而此时他的双眼和我的一般高。他忽然狼狈地转过头,松开我说了一句"不干吗"。

这样面对面站着,仔细一瞧,冈崎原来也没有我想象中那么高大。

[第六片叶子]

―

空间

猫の
お告げは樹の下で

九月初的阳光依然非常恐怖。

幼儿园的放学时间是下午两点，正是太阳最活力四射的时间，这时候出门，很需要一番勇气。

我打着遮阳伞，戴着墨镜，穿着长袖衬衫和牛仔裤走在街上，忽然有人在身后喊我的名字："千咲——"还来不及回头，里帆已经跑到我身旁，露出了笑脸。

"你真是全副武装啊！"

里帆笑着，她穿着明亮的黄色T恤和七分裤，上了自然妆的肌肤白皙滑嫩。

里帆的女儿绮罗罗和我的儿子悠同班。她比我小十岁，但从我们认识起，她一直亲昵地称呼我"千咲"，总是主动和我打招呼。在相熟的"妈妈朋友"之中，只有里帆对性格保守的我直呼其名。

幼儿园离我家徒步只需十五分钟，接个孩子穿成这样，或许确实有些夸张。但今年夏天，颧骨附近一下子冒出好几个小雀斑，让我心惊肉跳。二十五岁的里帆，大概还不懂得这种感受吧。

"对了，千咲，你的神经痛好些了吗？"

"啊，嗯，已经没事了。"

左边的肋骨不时隐隐作痛，我有些担心，去医院看过后，被医生诊断为肋骨神经痛。医生要我平时放松精神、避免疲劳、矫正站坐姿，可我不知该如何做到这些。话说回来，"神经痛"一词，容易给人一种上了年纪的感觉。被害妄想又在心底默默发酵，我怀疑里帆是故意不提"肋骨"二字，却压抑着心情，把话题转到昨晚的电视剧上。剧里有里帆很喜欢的演员，她立刻来了精神。

到幼儿园的时候，放学前的班会已经结束，几个孩子在幼儿园的院子里玩。

悠和绮罗罗正在楼里玩拼图。里帆说着"回家喽——"，从绮罗罗的柜子里拿出她的小背包，拉开拉链。

联络簿口袋里的笔记本中，记录着老师和父母根据孩子的情况每天写下的内容，我一般会留到回家后津津有味地阅读，而里帆经常在接孩子的时候就读完了。可能是想着若有问题可以立即和老师沟通吧。

里帆打开和笔记本放在同一个袋子里的印刷品，感叹道："好可爱呀——"那是我们宣传班制作的"向日葵通讯"。

悠所在的幼儿园要求每一位监护人都加入一个班组，我今年选了宣传班。班组成员每月开几次会，将幼儿园的活动报告、问卷调查结果、对生活有一定帮助的信息等内容整理在一张 B4 大小的纸上。每月都要印发，节奏意外地忙碌。

"这是千咲画的吧？你画得总是这么好。"

里帆指着一张兔子赏月的插画。

"也没有啦。"我说。

"真的呀。"里帆盯着那只兔子瞧,"千咲要是当插画家或漫画家就好了。"

里帆笑得一脸天真。

仿佛有细小的针掉下来,扎得我心里微微一疼。意识到这一点的时候,悠"啪嗒啪嗒"地跑了过来。

"妈妈,今天我第一个吃完了午饭哟。"

"真的吗?好厉害呀!"

悠抬头望着我,额头上渗出汗珠。我弯下腿蹲在地上,用手指肚摩挲他的额头。

晚饭后,洗完碗,我一骨碌躺在沙发上。悠睡着了,丈夫孝在酒会上应酬,还没回来。

要是当漫画家就好了——回家后,里帆的话仍然像一根刺,在我心头盘桓不去。这样说的潜台词,就是我已经不可能成为漫画家。不然她就该说"干脆去当个漫画家吧"。

我对里帆没有恶意。她的想法一定具有普遍意义,而且在她眼中,恐怕我早已是一个成熟的大人,已经抵达了人生的某个阶段。

从十几岁起,我就立志要成为一名漫画家,投了很多年的稿。但几乎没什么收获,只在二十五六岁时获过一次名为《亲亲》的少女漫画杂志的努力奖,这件事我没对里帆说过,当然也没对其他做妈妈的朋友说过。

获奖的时候,我开心极了。那意味着编辑——对投稿者来说神一般的存在——认可了我的漫画。

"画面常有夺人眼球的魅力,但希望故事情节能有更多的原创性。"

获奖评语只有这短短的一行。虽然不知道该如何增加作品的原创性,但"夺人眼球的魅力"这句话已足够让我陶醉。

步入婚姻之前,我每三个月都会试着投稿一次,婚后变成了半年一次,悠出生后,稿件几乎无法推动。花了两年时间总算完成的作品落选后,我再也没画过一页分镜。

里帆简单的一句话却让我受伤,这是我自己也没想到的。因为我发现,本以为逐渐褪色的梦想在我心里还根本没有结束。

上个月,我满三十五岁了。

若有人问我是否幸福,我只能回答"是的"。孝虽然并非时时处处都很周到,但总体来说是个认真的丈夫,悠对我而言则是世上最可爱的儿子。于是,旁人大概认为我只要操心家里的事就好,所谓的烦恼无非是处理和其他妈妈朋友或公婆的矛盾、每天做什么菜、和邻居搞好关系吧。他们这样想,我也没有办法。

可其实我知道,自己心里一直有件事放不下。漫画家的梦没能实现,我还心有不甘。我只是假装它不存在,假装自己意识不到罢了。

我离开沙发,打开柜子最下面的抽屉。

那里藏着一套漫画画具:肯特纸、墨水、修正液、网点纸、笔尖和笔杆。

我拿出一支笔杆握在手里。这支黑白双色的笔杆,是我"漫画家之梦"的起点，也是象征。

那是高中二年级时，我用零花钱买下的第一个漫画道具。购买时参考了图书馆借的《少女漫画家入门》。配上蘸水笔和 G 笔尖，专业漫画家的感觉一下子就出来了。起初拿到它的时候，我感觉格外神圣，仿佛有了它就能画好漫画。那之后，我又买了好几根笔杆，但还是这一支用得最顺手。无论遭遇多少挫折，只要握着它，我就能想起第一次描线时的情景，就能咬牙坚持下去。

但是，如今的我已经不再努力。我带着勉强的笑容，以育儿和每天繁杂的家务为借口，任凭时间飞逝而过。

说到底，我就是没有那个天分。但或许就连这个也是借口。

如果我心里已经没有这个梦想该多好，如果放弃得干脆利落，不知会有多么轻松。

或许是时候下定决心了，我想。三十五岁，不是一个很好的分水岭吗？今后的人生，或许应该过得更有效率一些。无论是时间、心力，还是其他……如此想来，我逐渐觉得这才是上策。

就这样吧。早就该把那个梦想扔到一旁了。明明没有可能还珍藏着笔杆之类的东西，这怎么行？赶快把整套画具扔掉吧，这样一来，就可以和那个轻易为别人的无心之言而烦恼的自己说再见。别再让自己这么难受了，明明在幼儿园的印刷品上画几张插画，被人称赞"真棒呀"就已经足够开心了。现在的生活已经很幸福了，如果再贪心，是会遭报应的。

好，扔掉吧。

我抬起手,准备将笔杆扔进垃圾桶,却突然在这一刻停下了。

还是不能让笔杆和擤过鼻涕的纸巾躺在一起。要不,用布将它裹起来,直接拿到垃圾站去吧?

光是想一想,我就知道自己做不到——怎么能把它扔到蟑螂乱爬、飘着各家厨余垃圾味道的垃圾站呢?

它不是垃圾,只是我想放手了。原来我的梦想如此令自己为难,担负和舍弃,都是这样痛苦。这无处安放的笔杆,就是我心情的写照。

第二天午后,有宣传班的例会。

例会一般都安排在一点左右,在多功能房间召开,这样散会后大家就能直接接孩子回家。

"十月号的主题就是运动会的注意事项吧?生活小窍门专栏就登换衣服的内容,再排上和食育相关的调查问卷和园长的采访。"

班长添岛利落地推进着会议进程。虽然她性格有些苛刻,但托她的福,一直以来,我们的每项活动都很顺利。

"芝浦,这次也要拜托你画图啦,运动会风格的。"

"好的。"被点到名字,我点了点头。添岛保持着合适的节奏,继续说道:

"运动会的文章我来写,换衣服的专栏交给辉也爸爸可以吗?"

"交给我吧。"

拓海的爸爸辉也微笑着说。见他答应下来,添岛的表情也不再那么严肃。

拓海家的一家之主是他的妈妈，他的爸爸是家庭主夫。他为人轻松随和，对每个人都很公正，很受我们这群孩子妈妈的欢迎。拓海叫他"爸爸"，但我们私下都叫他"辉也爸爸"。

他的出现令这个净是女人的团体热闹了不少。园长也笑着说，自从拓海入园，辉也爸爸来接送他之后，妈妈们也打扮得入时了许多，我也不例外。平时不太注意这些的我，在这种有活动的日子也会稍作打扮。尽管只是简单地做做头发、穿一件喜欢的水蓝色长裙。

拓海的妈妈是在广告代理店上班的职场女强人。放暑假前，她曾少有地来接拓海回家，一身与幼儿园格格不入的西装非常显眼。添岛告诉我们，她肩上挎的包是爱马仕的，但更让我惊讶的，是拓海的妈妈有一对非常漂亮的膝盖，紧身裙之下隐约可见两块光洁无瑕的小小隆起。

养孩子的时间久了，妈妈们会在偶然间意外地发现自己的膝盖漆黑。大概是照顾孩子的时候，跪在地上的次数太多了吧。不知不觉间，角质层变得又硬又黑。用肥皂正常地揉搓完全不解决问题，这一点让人很受打击。

拓海的妈妈年龄应该跟我相仿，可我们之间怎会有这样大的差异？她活跃于职场一线，身上的每个地方都那么漂亮，让人感觉不到一丝卑微。能和辉也爸爸这样的男人结婚，肯定也是她的实力使然。

除了"向日葵通讯"的相关内容，会议还决定了统计食育调查问卷的人、采访园长的人等，最后比平时稍早些散会。

杂谈之间，我们聊到了七五三[1]的话题。悠和拓海今年都该办五

---

[1] 七五三：日本为年满三岁、五岁和七岁孩子祈福的传统习俗。每年的十一月十五日这天，三岁、五岁的男孩和三岁、七岁的女孩会穿上传统和式礼服，跟父母到神社祭拜，祈求身体健康、发育顺利。

岁的贺礼了，添岛说："瑠瑠三岁时，到摄影棚拍写真，还去神社祈福来着。"

"哪家神社？"旁边的妈妈问。

"绿地公园旁边，国道边上不是有一栋破旧的大楼吗？里面有功课辅导班的那栋。从它旁边的小路往里走，有一座小小的神社。但有活动的日子人很多哟，去的话最好事先预约。"

"哦，那里是有一座神社。"辉也爸爸附和道。那种地方会有神社吗？

"是座好神社哟，宫司也很温柔。还送了我们护身符和筷子做贺礼。"

筷子啊……我家还什么都没准备呢。差不多是时候挑选租赁的服装了……想到这里，我忽然灵光一现：

神社。有了，请神官在神社把笔杆烧掉吧，就像供养人偶那样。我愈发觉得不会有更好的处理办法，于是再次向添岛仔细询问了神社的位置。

添岛指给我的那家神社小而清静，令人神清气爽。

我牵着悠的手，穿过鸟居。

进门右手边是社务所，我按下门铃，很快有一位穿蓝色工作服的男人走出来。是个胖乎乎的、可爱的大叔。

"不好意思，那个……我想预约七五三的祈福。"

我先说明表面的来意。

"哦，好的好的，请稍等。"

说完，大叔又钻回社务所。社务所门口的墙上，贴着"厄年一览表"。我看着看着，忽然"欸"地发出一声怪叫。

这上面写着，女性三十三岁和三十七岁是本厄，其前后各自有前厄和后厄。也就是说，女人的厄年是三十二岁、三十三岁、三十四岁、三十六岁、三十七岁、三十八岁……三十到四十岁的大部分时间都是厄年。厄年按虚岁计算，今年三十五岁的我按这份表格来说相当于三十六岁，属于前厄。原来如此，这之前的十九岁是本厄，加上前后两年，那三年都是厄年，正好和我屡投漫画不中的那段时间吻合，我不禁感到一阵眩晕。

"可以请您在这里填上希望预约的日期和具体时段吗？还有您的姓名和年龄。"

刚才那位大叔拿着预约表走了过来。

"祈福由我来做，请多指教。"

他对我和悠均等地露出笑容。原来他是宫司啊，既然如此，事情就好办了。

我漫不经心地在预约表上填好必要的内容，然后将手伸到包里。

"请问，可以请您在这里将它烧掉吗？"

宫司猛一抬头：

"是什么东西呢？"

我打开裹着笔杆的布。

"我想把它供养起来。"

我将笔杆递过去，宫司为难地笑了：

"抱歉，这座神社的焚烧供养仅限于符纸和护身符。塑料和金属的焚烧还可能产生二噁英。"

"……是啊，不好意思。"

这个回答合情合理，或许是我的要求超乎常理了。

"不不，有这种想法的不是您一个。每个人好像都有很多想放弃却舍不得扔到垃圾箱的东西，过年的时候，常有人来这里焚烧。新年祭拜的时候，时不时就会有人顺便往火中随意地扔各种各样的东西呢。"

宫司苦笑着说：

"树脂和塑料制品不行，纸总可以吧——大家或许是这样认为的。有些东西着实让人吃惊，比如一大把没中奖的彩票、抽掉钞票后的婚礼红包等，还有人扔过《圣经》呢。曾经的恋人寄来的分手信这类的东西，就更多了。"

这种感觉我懂，太懂了。大家都不知道该把这些东西扔到哪里好。宫司见我垂头丧气，温柔地开导道：

"丢弃会让人产生罪恶感，而且还很容易担心有不好的事情发生，对吧？如果不想让它继续留在您身边，您可以在它身上撒些盐或倒些神酒，然后按照正确的垃圾分类方式处理，和它告别。这样就是很好的供养了。"

"好的……"

罪恶和恐惧感。恐怕确实如此，还有一部分情绪是"依然爱着"。这样说或许有些任性，但我希望用心地、郑重其事地和它道别。

我重新用布将笔杆裹好。

把它丢在这里的时机也让我错过了。假如在它身上撒了盐或倒了神酒，我恐怕就不舍得将它丢进垃圾箱了。这样一来，我又要很久才能下定决心。

我忍着内心的尴尬向宫司鞠了一躬,正要回去的时候,悠说要小便。宫司微笑道:

"这边请。卫生间是男女分开的,我跟他一起去,您在这里等等吧。"

"麻……麻烦您了。"

宫司笑嘻嘻地拉着悠,向里面走去。添岛说得没错,他人很温柔。

我站在社务所的大门口,环视整座神社。社务所旁边就是前殿,我晃晃悠悠地走过去,抬头望着铃铛。

仿佛开口笑着的铃铛由三股粗绳绑着,我从钱包里拿出十日元硬币,扔进赛钱箱里,"哐啷啷"地摇响了铃铛。

愿我早日彻底放弃梦想。

这句话太奇怪了。先前的我一直一直都在祈祷"请让我成为漫画家",没想到有朝一日,放弃竟也能成为我的心愿。

一股失望的情绪涌来,我在前殿旁边的红色长椅上坐下。最近,我变得容易疲劳。经常肩膀酸痛,早上也无法神清气爽地起床。听人说中药对肋骨神经痛有效,我试了,却觉得差点儿意思。厄运接连不断,神经受到侵扰也不奇怪吧。

我伸了个懒腰,长椅旁边那棵树的枝条映入眼帘。树叶的背面好像有字,仔细一看,那字迹不像是写上去的,更像是一道道抓痕。

叶子上的字有"抽中门票!""LOVE & PEACE(爱与和平)",等等,还有"快回来吧"这类愿望。大概是想写什么都行吧。我将手伸到包里摸了摸,想找个能在叶子上留下痕迹的东西,却发出一声惨叫:

"哇!"

不知什么时候,一只黑猫躺在我身旁,吓了我一跳。它来得悄无声息,我完全没有察觉。

猫闭着眼睛,蜷着身体。它通体漆黑,鼻子向上的一圈到脖颈处是白色的。它的尾巴缓慢摆动着,看来并没有睡着。

如果是一只流浪猫,那它也太没有戒心了。是不是被人养在神社里的猫呢?我轻轻伸出手,抚摸猫的后背。猫一动不动,尾巴仍在轻盈地摇动。

"你多大啦?是小男孩,还是小女孩?"

猫不理不睬。

"猫也有厄年吗?女人可真不容易啊。"

我一面喃喃,一面摸着它的后背,它的尾巴不动了。猫的眼睛"唰"地张开。

那是一双金色的瞳孔,像水果糖般通透。遇上我的目光,猫莞尔一笑。看上去很像年长者游刃有余的微笑,去接孩子时向家长问好的园长脸上就是这样的笑容。

但猫是不可能笑的。想到这些,我的心情愉快了一些,也回给它一个微笑。

猫顺畅地从长椅上跳下,缓缓移动到大树下。它黑色的屁股上有一个白色的五角星标记。这猫还挺懂时尚的。难不成这标记是什么人的恶作剧吗?

猫绕着大树,一圈圈地跑起来。我好奇地看着,只见它中途加速,停不下来似的狂奔,在某一时刻戛然而止,白色的左前爪"嗵"地拍在树上。

一片叶子飘然落下。

空间？

我捡起叶子，疑惑地望着那只猫，它又对我莞尔一笑。我再次回以笑容，它却倏地转身，敏捷地跑远了。

真是一只不可思议的猫……我茫然地望着猫离开的方向，却看到宫司带着悠走来。

"让您久等了。不好意思，他的裤子拉链好像卡住了，多花了些时间。"

悠开心地朝我跑来，手里拿着竹扫帚。

"这个叫竹扫帚哟！"

悠应该是第一次见这东西，一脸新奇地用它扫着地。宫司拍着手道："真棒，真棒！"

"您这里有养猫啊。神社的猫，给人的感觉果然有些神秘。"我说。

宫司挑了挑眉毛，温和地回答：

"不，这座神社没养任何动物。刚刚有猫吗？"

"嗯，黑白花的。它还给了我这片叶子。"

我递上叶子，宫司不知怎的，笑得很开心。

"哦，您的运气真好。"

运气好？我吗？

"您看见的那只猫,我们叫它神签。这上面的字是对您的启示,要好好保管哟。"

"'空间'这个词,是对我的启示吗?这是什么意思呢?"

"谁知道呢?上面写的是'空间'?还真是人人不同呢,有意思。那么,恭候您带孩子参加七五三的祈福。"

官司晃悠着身子,笑呵呵地从悠手中拿过竹扫帚,沿着前殿旁边的台阶走了上去。

没有提示啊……启示的话,怎么也该用更好懂的话解释给我听吧。空间、空间、空间?我牵着悠的手,四处张望着穿过鸟居,想看看四周有没有线索。走出神社时,我们和一个十岁左右的小男孩擦肩而过。这个年纪的孩子,在这类事情上的看法说不定格外敏锐,可他似乎表情严肃,我便没向他打招呼。

"舒适的收纳空间令你运势提升!"

突如其来的标语。难道"空间"是这个意思?我取下插在货架上的女性杂志。

从神社回家的路上,我们去了一趟便利店。粗体字"空间"一下子跃入我的眼帘,杂志封面上写着"开运专题"几个醒目的大字。

运势提升,没错,就是这个。比想象中来得快的答案令我放心不少。家里的牛奶喝完了,我买了新的,连同悠喜欢的芝士块和杂志一起拿到收银台结账。

收到那只叫神签的猫送的叶子,代表我运气好——官司是这样说的吧？

是了，我以前一定只是运气太差了。今后一切肯定会慢慢变好的。

我神清气爽地回到家，连晚饭都暂缓准备，先翻起杂志来。风水先生做了一番演讲，号召读者重新审视家里的收纳空间。

"即使起初干净的东西，不用后堆在一起也会变脏。"

风水先生直指问题的核心。

我们起初被一些东西的魅力吸引，于是将它们握在手中。这些东西派不上用场后，如果我们还不放手，它们就会变得不再美好。不仅物品如此，梦想也是……

我用力摇了摇头。再这样下去，又要想那些没必要的了。还是在此之前赶快动手吧。我先走到卧室，打开了衣柜。

那篇报道的内容丰富，但主题是断舍离：有段时间没穿过的衣服、获赠的小物件、先收起来再说的服装店纸袋……

即使明知这些东西大概用不上了，真到了要放手的时候，我还是犹豫不决，越看越觉得没有哪样东西是一点儿用也没有的。就算再派不上用场，也不至于把它们扔掉吧？扔掉之后后悔了也很麻烦——我渐渐这样觉得。

我正在地板上铺开的衣服之海中沉吟，悠走来问："可以吃芝士吗？"我一惊，一看表，七点已经过了。原本只打算收拾一会儿的。我将衣服放在原地，回到厨房。

给电饭锅设置好快速蒸饭模式后，我正匆忙地做味噌汤，孝回来了。

"咦，饭怎么还没好？"

"抱歉，幼儿园的班级活动时间长了些。然后我又去了神社，预约七五三的祈福。"

我一面语速飞快地应付，一面化开味噌。孝似乎对我的话没什么兴趣，"嗯"了一声，松开领带朝寝室走去。他是去换衣服的。

"哇！这是怎么回事？"

听到孝惊讶的声音，我在厨房大喊：

"我刚才收拾到一半，一会儿会收起来的。"

他没说话。

做好味噌汤后，我开始切洋葱。再放些鸡肉，很快就能做好鸡肉盖饭。

孝换好 T 恤，走进客厅。他这个人，无论发生什么都不会怒吼，也不会说难听的话。但若是不开心了，就会沉默不语。大概是一身疲惫地回到家却发现饭还没做好，房间太乱看着难受吧。从公司进入新的财年开始，他就一直情绪不佳。

"……对不起。"

我小声嘟囔。孝一言不发地靠在沙发上，下班回家后，除了吃饭、洗澡、上厕所，他基本上都待在这里。

吃完晚饭，我给悠洗完澡走出浴室，只见孝正蜷在沙发上打盹儿。他喝了些酒，脸色红彤。

我常常想——

这个家里，我的自由空间很少。我们住在两室一厅的租赁公寓，一家三口睡在卧室，另一个房间是孝的书房，摆着书架和电脑。他爱好钓鱼，有时会在书房保养钓具。不过这个房间也有置物间的功能，大米、厕纸都存放在里头。今后悠上了小学,还得考虑为他打造一间正经的儿童房。

婚前交往的时候,对于我想成为漫画家的梦想,孝一直很支持。但现在,他多半是觉得那是我在白日做梦,进一步说,他似乎已经对我漠不关心。

哄悠入睡后,我在餐桌前翻阅杂志。除了收纳空间,开运专题还有很多其他内容,甚至有关于能量石、占卜的介绍和四柱算命的图表。

对开页上登了一则采访,受访者名叫彗星朱丽叶,是一位近来总能在电视上见到的占卜师。她不光占卜灵验,说话也很有趣,所以经常受邀参加娱乐节目。看上去性格开朗,紧跟时尚潮流,但她的神情总给人一种神秘感。

这种人大概天生就与众不同吧,一定是被神选中的。神在挑选幸运儿的时候,究竟是依照什么标准呢?人的命运大概在出生之前就已经定好,该成功的人迟早会成功。既然如此,早点儿告诉我这个事实该有多好——你是不会被选中的,干脆活得轻松些吧。可老天爷偏偏给了我一个努力奖,即使只有一次,也会让人有所期待啊……

第二天幼儿园放学后,我和悠在里帆的邀请下去她家做客。

吃完我带去的冰激凌,悠和绮罗罗开始玩乐高。我和里帆在餐桌前对坐,聊着有关新开的超市的话题。

"啊,千咲,你有白头发了!我帮你拔掉好吗?"

"欸?啊,嗯。"

里帆特意起身，走到我身边。她身上甜甜的洗发水味道很明显，丰满的胸部靠近我的脸，伴着一阵刺痛，我脑袋一侧的头发被她猛地揪起。好痛。

"糟了，不小心把黑头发也拔下来了！哈哈哈！"

接过一黑一白的两根头发，除了笑，我没有别的办法。这东西可真是留着也没用，我将那根可怜的黑发和白发一起扔进了垃圾箱。

对了，还有"个人空间"这个词呢——我忽然想到。里帆就是完全不在意个人空间的人。这里的空间指的是"距离"，无论是物理上的，还是精神上的，不管里帆将我们之间的距离缩到多小，我都无法拒绝。难得有一位妈妈朋友，我不想和她发生冲突。这种心态总是占据上风，给她发消息时我一向注意措辞，她邀我出门，我也难以拒绝。

里帆径自走向厨房，开始烧水。

"最近他们问我，等绮罗罗上小学后，要不要全面回归职场。听说我现在工作的店明年就要开分店了。"

里帆是美甲师，怀孕后一直在一家美容中心工作，现在偶尔去做小时工。有一技傍身就是好。

"但我还在犹豫，尤其是想到今后不知什么时候还会要第二个孩子……再往后拖的话，两个孩子的年纪会不会差得有点儿多呢？但工作上，我也不想总是开天窗。要不要现在生下老二，五年后再回归职场呢？"

里帆边说边把红茶放进茶壶。即使是五年后，她也不过三十岁，还大有选择的可能。

我今后要这样一直做家庭主妇吗？找工作的话，现在的年龄已经很勉强了。要二胎也面临同样的状况。想想怀孕到育儿的阶段，年龄方面的限制不容乐观。但这些事，我又不方便直接和孝谈。不知怎的，孝在这方面一直很敏感，似乎不好和他商量。

我直觉怎么也应该先解决其中一头，而且是尽快解决。但在这两个问题上，我都是既没有自信，也无法指望别人。

"千咲是怎么打算的？"

"你说工作吗？我最近也要开始考虑了。"

我在逞强。不想被问到二胎的事，于是只提了工作。

但就算考虑工作，我又能做些什么？

短期大学毕业后，我一直在一家文具制造公司做事务性工作，婚后也上了一阵子班，但在怀孕六个月时离职。这就是我全部的工作履历。像里帆那样回归之前的公司对我来说并不现实，恐怕也很少会有公司愿意聘用一个有六年空白期的、三十五岁的人做事务性工作吧。幼儿园规定最迟要在四点接走孩子，悠动不动就发烧，现在的我还不能全职工作。

左侧的肋骨火辣辣地痛，我不禁撇了撇嘴。里帆见了慢悠悠地问："怎么了？"

我不想告诉她是神经痛发作，只好含混地笑了笑：

"早上起来就有点儿头疼。"

"欸——没事吧？"

"没什么大碍，不要紧的。"

"这样啊。"里帆说着将一只形状奇特的杯子放在我面前，杯中的红茶散发着一股草莓香气,不过,这种味道似乎已经不适合我了。

孝发来消息,说今天加班,会晚些回家。悠睡下后,我打开了书房的电脑,想着至少要在网上看看有没有自己能做的工作。和小小的手机屏幕相比,我更愿意用大屏幕搜索信息。

要是孝知道我擅自动了电脑,大概会发火吧。我一面操纵鼠标,一面留意不碰到桌上的其他东西。

我能工作的时间,只有将悠送进幼儿园后的几个小时,因此想找尽量离家近的工作。每天都去有些勉强,大概一星期三次为好。我按照区域和自己的条件筛选着看了看,没找到什么让人心动的内容。

搜索结果以餐饮、工厂和看护工作为主。要是考过什么资格证,选项还能多一些。

但临时去学校学习也并非易事。我打开考证的线上教育网站,里面是长长的一串讲座清单。

医疗事务管理、养老顾问、房地产公证人……除了这些考取后对求职有优势的项目,还有圆珠笔练字、拼布入门等内容。魔术的线上讲座肯定很有意思吧……我看来看去,发现了名为"插画师"的项目。

画插画应该不需要特别的资格认证吧。这种线上讲座,主要以培养兴趣爱好为主。但正因如此,以插画师为职业才真的很难。我并非美术大学毕业,甚至没加入过漫画研究会,想完全靠自学当上漫画家,也许从最开始就是我太天真了。

我心不在焉地在搜索引擎里输入"插画 工作"检索,点开一则有关画廊的专题报道。"汇聚即将大放异彩的才华！"这则消息吸引了我的目光，点开一看，里面是七月份在京都举行的小组画展的照片。

　　画展展出的作品，好像都出自画廊老板看中的、还没成为专业画家的艺术家坯子之手。网页里登出了每个人的半身照片和作品。我漫不经心地滚动着鼠标，看到一幅喜欢的作品。乍看上去，那是一幅充满幻想元素的风景画，但仔细观察便会发现，画面中藏了不少东西，是幻视艺术的一种。创意梦幻，很有意思。

　　我将目光移到小小的作者照上，"欸"地叫了一声，把脸凑近屏幕。

　　……辉也爸爸？

　　我看了一下作者姓名："Teruya（辉也）"。没错，就是辉也爸爸。个人资料里没有什么重要的信息，但贴了IG[1]的链接。我点进去，他的作品一股脑地展现出来。

　　关注人数，三万。好厉害。原来辉也爸爸目前有三万名粉丝。我怦然心动地一幅幅画看过去，然后发出一声长叹。

　　我对辉也爸爸产生了巨大的敬意，与此同时，还伴着一丝丝落寞。他分明就是和我们一起在幼儿园制作"向日葵通讯"的那个人啊。"家庭主夫"的另一面，竟是被广大网友认可的艺术家。原来他是如此高不可攀的人……

　　不，对他来说，家庭主夫是私下的一面，艺术家则是外在的一面。看来他也是被神灵眷顾的人。我的落寞或许是可耻的。

　　我收拾好自己的心情，返回"插画　工作"的搜索界面继续浏览，

---

[1] IG：即Instagram，一款运行在移动端上的社交应用，也有网页版。用户以快速、美妙和有趣的方式分享照片或视频。

"急招！漫画助手"这行字跳入眼帘。是一位名叫露吹光的漫画家在招募助手。

露吹光的漫画，我看过好几次。她擅长画略微偏向成人的人文漫画。查阅她的资料可知，她今年五十三岁，从照片来看，是一位面相和善、胖乎乎的女性。

我以前一直以为，当助手要么得在业界有门路，要么就是和新人奖沾边的人。因此之前不仅没报过名，甚至没想过去找这类工作。这类招募竟会公开登在网上，我吃惊地看了具体的招募要求。

工作地点离我家最近的车站两站车程，下车后步行十分钟即可到达。应征者需满十八岁，男女均可。每星期需工作两到三天，具体时间可谈。没有详细写明上下班的时间，大概在这方面可以通融。既然没有年龄上限，只要满十八岁就行，那么我也有资格应聘。想到这里，我心头一热。漫画家助手，具体要做些什么呢？对我来说，这已经不是普通的工作，更像是走入了漫画家的世界。

招聘启事上写着，应聘方法是"电话联系后，画一幅建筑或闲角带来"。闲角就相当于电影里的群众演员，也就是普通群众，譬如主人公走在街上时的路人、体育赛事场景中的观众等。

如果露吹看上了我的画，是否就意味着我能成为她的弟子，迈出通往漫画家的一步呢？

我冷静下来，稳住了逐渐放飞的情绪——既然我可以应聘，一定也有更多年轻的、画得比我好的人去应征。

……我刚才在做什么白日梦啊，事情怎么可能如此简单、如此顺利？

我删除浏览记录,关掉了电脑。

第二天下午,我带着别别扭扭的悠去看牙医。

他之前边吃冰棍边说痛,我让他张开嘴,发现后槽牙好像被虫蛀了。由于没有预约,我们不得不在诊所等一会儿。

"啊,小悠!"

刚进候诊室,一个留西瓜头的男孩就叫出声来。仔细一看,原来是拓海。

"您好。"

拓海身旁的竟然是辉也爸爸。他还是那么沉稳,对我露出爽朗的笑容。

"……您好。拓海也得了虫牙吗?"

"对,我们平时还挺注意的。可能是巧克力吃多了吧,这孩子爱吃甜食。"

悠走到拓海旁边,打开他手中的绘本。

"这里面,有飞机哟!"

拓海和悠友好地并排坐在长椅上,我和辉也爸爸也自然地并排坐在两个孩子身边。我抛出了话题。

"那个,我昨天无意间看到了您的 IG。"

辉也爸爸的脸一下子红了,他灿烂地笑了:

"啊,您无意间看到了呀。"

"您好厉害,为什么没和大家分享过呢?"

"这没什么值得骄傲的，我只是做自己喜欢的事而已。而且，我的目标也不是这个。"

辉也爸爸的瞳孔深处闪耀着光芒，我不禁倒吸了一口气。那是一种类似野心的东西，它的目标长远，不会被周遭的虚荣折服。

我想对他倾诉自己的心事。我一直希望成为一名漫画家，却似乎离这个梦想太远了。就在我打算放弃的时候，看到了漫画家助手的招聘启事，情绪又因此变得激荡。

不过是做了一点儿小小的尝试，我就已经宣告失败。对拥有三万名粉丝的他来说，我的故事未免太愚蠢、太不值一提了。

"芝浦太太的插画，不也画得很好吗？"

辉也爸爸主动将话题接了下去。我很羞愧。是啊，有人拜托我画我就得意起来，根本没有把辉也爸爸放在眼里。

"……真惭愧啊。"

"为什么要惭愧？芝浦太太的画很棒啊，很有故事感。"

我低头听辉也爸爸说着。虽然开心，但这一定是客套话。

"还是您的画视觉效果更强。您是怎么构思出那种画的？"

"都是边发呆边构思的。"

"欸？"

"我会创造一个让神进入的空间。"

一瞬间，世界仿佛静止了。

辉也爸爸刚才说了什么？让神进入的，空间？

"散步的时候，哄拓海睡觉的时候，我经常发呆。这时候，就会有灵感突然从天而降，我尽量抓住它们。有一种'神来了'的感觉。看到完工的画作，我有时也难以置信：这真的是我构思出来的吗？"

啊，真了不起。能坦然地说出这些，辉也爸爸果然不是普通人。我叹了口气。

"但这也就证明了，您是被神选中的艺术家吧。"

辉也爸爸歪了歪头。

"是吗？神通常不会挑三拣四吧。我反而觉得，每个人都在各自召唤神明呢。"

召唤神明？

这时，前台叫到了拓海。辉也爸爸站起身来：

"我们要先走一步了。总之，我很喜欢您的画。"

他带着拓海走进诊室。望着辉也爸爸的背影，我的眼眶湿润了。

有人告诉我，他喜欢我的画。

只是报个名，总不至于遭报应吧？

第二天，我给露吹光老师的事务所打电话，告诉对方我想应聘。一个应该是事务所员工的女人问我："后天下午两点，可以来面试吗？"我慌忙准备了简历，告诉幼儿园当天会晚些接悠回家，总算腾出了四点前的时间。

因为孝在客厅，晚饭后，我只好在餐桌上画了闲角和背景建筑。

"你在干吗？"孝问我，我谎称"在做宣传班的工作"。这之后，他没有多问。

虽然很久不曾用钢笔作画，我还是很快便找回了感觉。

我喜欢画闲角。以免喧宾夺主，闲角通常不会有过分古怪的设定。这反而会使他们看上去更亲切。他们是不会被读者注意，也不用将面部画得太细致的"诸多陪衬"之一。但他们也有各自的日常生活和人生，有要去的地方、要吃的东西、要见的人。我一面画，一面想着这些。

无论是背景建筑还是闲角，动起笔来，我就变得心无旁骛。笔尖在肯特纸上划过的触感令人愉悦。看来，我最喜欢的还是画漫画。

我按照约好的面试时间来到公寓，一个头发束得很紧实的女人走了出来。她几乎没有化妆，只描了个眉毛，眼睛下面有两团暗影。她应该不是露吹老师，而是助手、组长模样的人物。

这位怎么看都比我年纪小的组长，粗略看了一眼我带来的作品。

"请问你之前有做过助手吗？或者，有作品登上杂志的经历吗？"

"没有。不过，十年前在《亲亲》上得过努力奖。"

我递上得奖的原稿复印件。她快速看了看，没做任何相关评论，直接问道：

"现在依然想当漫画家吗？"

"是的。"

"……欸。"

我是不是应该回答"不想"呢，就说我目前只想做助手。她皱着眉头，我猜不透她的想法。

"一天大概八千日元，你每天几点能来，可以坐班多久？"

"如果是上午十点到下午三点的话，我没有问题。"

组长忽然轻轻一笑：

"通勤的话，希望每天最少能来八小时啊。而且大家差不多从中午才开始进入状态，多数时候是无论怎样也要干到深夜的。"

那个轻蔑的笑容，令我非常难过。组长继续向我发动攻势：

"数助也不是不行，您会用 CSP[1] 吗？"

不知怎的，她忽然开始对我说敬语。我反而更有压迫感了。

"数助……是什么？"

我讨好地笑了。另外，我也不知道 CSP 为何物。

组长一脸无奈地露出淡淡的微笑，笑容中或许还有几分悲悯。

"就是数码助手。如果会用电脑软件，我想您在家也可以做纯色填充或者数位网点之类的活。"

"……不好意思，这方面我不太懂。"

"CSP 的全称是'Clip Studio Paint'，一款绘图软件。"

她说这句话时并非和颜悦色，更像是在冷嘲热讽。我无地自容地咬住了嘴唇。组长将我递给她的作品收成一沓，在桌上"嗵嗵"地对齐。

"那这些我先收下了。需要返还吗？"

"不用，没关系的。"

"好吧。"

组长将作品随意放在身旁的收纳柜上，那里毫不遮掩地放了好几份作品，一定是其他应聘者画的吧。每一份都画得很好，好到让人吃惊。

原来画得这么棒的人，都还不是职业漫画家……

---

[1] CSP：即 Clip Studio Paint，日本 CELSYS 公司开发的绘图软件，可用于漫画原稿、插画、动画绘制等。

"招募结果三天内公布，只联系被录用的人。好，辛苦您了。"

组长比我先站了起来。

回程的电车中，我想起去神社那天发生的事。

我差点儿忘了，当时我许的愿望是"愿我早日彻底放弃梦想"。也许神签正在帮我努力实现这个心愿。

我后悔自己没有许愿"希望我早日成为漫画家"了。这就说明，我还是没有放弃自己的梦想。

"妈妈以前想当漫画家。"如今的我，能对悠说出这句话吗？

不要，我说不出口，也不想说出口。我不想让这个愿望成为过去式。

我想当漫画家。

遭遇如此打击之后，我的愿望竟比之前更强烈了，真是讽刺。要是梦开始得再早些，我再努力些就好了——在这把年纪之前。就像温水煮青蛙一般，我一直认为自己是幸福的。事到如今，我就是再后悔也于事无补。

到站后，我收到里帆发来的消息。

"今天你比平时接孩子的时间晚呀。上次你说头痛，是不是去看医生了？我在想啊，千咲你该不会是进入更年期了吧？或许也该去妇科看看。保重。"

……这闲事管得可真宽。

里帆这种粗线条的天真触怒了我。

她只是真的替我担心，没有恶意。她没有恶意。所以是性格的问题。

我没有回消息。明知道这样做很幼稚，但现在还是不要逼自己比较好。即使我无数次地告诉自己：里帆是个好姑娘，她也可能很快又扔下一颗炸弹。

里帆就像永远不会变老似的。她的一言一行总会触及我的逆鳞，是因为我没有做女人的自信。如果我有笑对一切的从容，情绪就不至于如此糟糕了。

烦躁地将手机塞进包里后，烦心事像水波一般，渐渐在我心中扩大。

刚才那个组长轻蔑的神情，对我毫无兴趣的孝，治不好的肋骨神经痛。

一味将不顺心的原因怪罪于别人和年龄的我。

我是什么时候变得如此老成的？厄运就是厄运，邪念也是一样，降临在我身上的，和降临在别人身上的，不会有什么不同。

还可以过一会儿再去接悠，我朝神社走去。

我按了社务所的门铃，但无人应门。

前殿那边也没有人，我便爬上台阶看了看。我爬得上气不接下气，半路上停下来休息了好几次，终于难为情地爬到了台阶的尽头，上面有一座气派的正殿。

时间不多了，我得赶快找到他。

绕到正殿后头一瞧，他在。

一个穿着蓝色工作服的胖墩墩的背影正在用垃圾钳捡纸屑。

"宫司先生。"

听到我的声音，他回过身，和蔼地笑了。

"啊，您好。"

"害我一通好找。"

"您在找神签吗？"

"不，不找神签。我今天来，是想见您一面。"

"欸？来找我？"

"请您立刻为我除祟，把我身上的脏东西赶走。"

宫司先生定睛望着我。

"祈福的话我需要稍作准备，您可以等吗？"

我看了一眼手表。虽然我是跑着来的，可离接孩子的时间只剩下半小时左右了。或许，这种想起一出是一出的性格，正是我成事不足的根源。

"要是时间不够，就改日再来吧。如果您无论如何想要立刻做点儿什么，我告诉您一个可以自行除祟的办法——不过，是我独创的土办法。"

"呃……愿闻其详。"

"那么，请您跟我一起做。"

宫司先生将垃圾钳和塑料袋放在地上，在我面前直立不动。

他先要我抬首挺胸，收紧下巴。光是照他说的这样做，我的五脏六腑就仿佛一下子轻松了许多，可见我之前含胸有多厉害。我的体态如此糟糕，怨不得肋骨神经痛会找上门来。

"接下来，请缩紧您的屁眼。"

"呃，屁眼？"

宫司先生郑重其事。我不太清楚到底该如何缩紧，只好臀部整体发力，没想到整个人精神一振。

"力沉丹田——丹田在肚脐之下。首先呼气，把能呼的气都呼出来。然后，慢慢吸气……吸气……慢慢呼气。重复三次。"

呼——哈——

重复了三次后，宫司先生突然"嘿——！"地大喊。

我被他洪亮的声音吓了一跳，不由得向后退了一步。这位沉稳的宫司先生，到底是从身体的哪个地方释放出如此撼动人心的力量的呢？

"该您了，请吧！"

还来不及难为情，我也在宫司先生热情的催促下喊出了自己最大的声音："嘿！"

这一声之后，身子一下轻盈了许多。见我感慨于这个法子的高效，宫司先生和气地笑了：

"好了，这样就行了。"

"这大概是用振奋精神的方法打败脏东西吧？"我神清气爽地问。

宫司先生慢慢摇头道：

"不，这不是打败，顶多算是驱赶。这其中没有发生争斗。想接受新的、好的东西，首先要有所舍弃。要先给新事物腾地方。"

"……腾出让神进入的空间？"

"没错没错，您的说法很有意思。日常生活中，即使打扫卫生，也会有灰尘和垃圾对吧？接受新事物也一样，人活着就难免要接应他人的邪念，产生负面情绪。只要每次都将您心中的空间打扫干净就好。"

到头来，大家都在说同样的话。风水先生、辉也爸爸、宫司先生都是这样。

"但是，"我忍着想哭的冲动倾诉，"我的空间太狭窄了，放不下太多东西，扔掉不必要的东西到底还是件大事。而且，即使暂时放开那些负面情绪，它们也很快会卷土重来。"

宫司先生轻轻点头，饱含情意地答道：

"那就先清除让你钻牛角尖的障碍吧。"

"钻牛角尖？"

"是的。你怎么知道你心里的空间很狭窄呢？无非是你自己设的限制吧？没有任何人这样说。"

"……怎么才能清除这个障碍？"

"首先要放弃'肯定就是这样'的想法，如果这种想法卷土重来，就试着用另一种想法覆盖它，试着告诉自己：'万事无定论。'"

宫司先生又拿起垃圾钳，发出拍电影打板似的"咔嗒"声。

"一切都从现在开始。"

如此说来，我能想到许多的"肯定就是这样"。

我肯定不可能找到工作。

跟孝说什么肯定都是白说。

里帆肯定认为我是个老阿姨。

不一定就是这样。万事无定论。

那天晚上，孝难得早下班，我试着和他谈了谈。他边吃晚饭边喝啤酒。

"听我说，我今天参加了一个工作面试。"

"工作？什么工作？"

孝很吃惊。这个反应在我的意料之中。

如果照实说，肯定会被他讽刺……我放下这份执念，直白地回答道：

"漫画家助手。"

孝瞪大双眼，要送到嘴边的啤酒杯停在了半空中。

"好厉害啊。"

好厉害啊？

"悠出生后，我看你总是闷在家里，一直觉得你很难受，担心你就此放弃画漫画。但我要是把这些说出来，又像是逼着你去工作似的。当助手很好呀，能果断地走出这一步真好。"

这回换成我为孝的话吃惊了，他似乎很开心。"但是呢……"我的话说到一半，慌忙闭上了嘴巴。

我肯定会落选——我本想这样说。我的确随时随地都给自己套上执念的枷锁，认为自己一无是处。万事无定论，我抬起头。

"无论结果如何，我都觉得勇于尝试是件好事。因为我发现，我还是喜欢画漫画的。"

"啊——"孝若有所思地笑了，"之前你画的那个，是面试用的吧？其实你可以不在餐桌上画，把书房的桌子收拾一下，在那儿画不就得了？在餐桌上肯定画不踏实吧？"

"呃……可以的吗？"

"书房又不是我一个人的房间。趁着今天这个机会，我顺便提一句：等到悠上小学的时候，我想搬到一个宽敞些的地方住。这件事我已经想了很久了。悠也需要有自己的房间吧……我们也差不多该考虑生二胎了。"

我很吃惊。他竟然会想这些。

"我……我一直以为，你对这个家已经漠不关心了。而且最近这段时间，你好像一直心情不好。"

孝的手搭在额头上，抱歉地说道：

"最近很少和你沟通，真对不起。半年前，公司让我负责一个大的项目，我现在真是分身乏术。但知道千咲你在努力，我好像也更有动力了。谢谢你告诉我这些。"

什么嘛，竟然是这样。反而是我只顾自己，忘了体谅一心扑在工作上的孝。孝一口喝干了杯中的啤酒。

"这阵子的忙碌就快过去了，月底咱们出去玩玩吧？好久没有出门散心了。工作老在瓶颈期，人很容易失去自我……还是得给自己留一些空间啊。"

空间。

我深深点头。没错，一定要有空间才行。

我往被他喝干的玻璃杯里倒上啤酒。

在去往河口湖酒店的电车里，悠翻看着绘本。

绘本是拓海推荐给他的，名叫《飞翔》。悠指着其中的画，逐个辨认着：

"蝴蝶。鸟。天使。"

真是一幅可爱的画，配色很有品味。线条如果再细一些，整体的感觉又会不一样了……我暗自在脑海中呈现出细线条的画面，对自己下意识的反应忍俊不禁。

稍作调查后，我发现网上有数码助手的相关讲座，可以学习用那位组长所说的"CSP"画漫画。我立刻报了名，现在一抽出时间就把自己关在书房里对着电脑学习。刚开始，一头雾水的我一度陷入混乱，但掌握了使用数位板的诀窍后，一切就方便多了、有意思多了。

当然，我还珍藏着那根笔杆。我只是觉得，掌握了数码软件的用法，今后尝试的范围和交际圈子或许都会拓宽。

面试两天后，对方打来电话通知结果。

尽管组长之前告诉我，他们只通知面试合格者，但我还是没被录用。对此我并不意外，却因为另一件事大跌眼镜：

给我打来电话的不是组长，而是露吹光老师本人。

"我看了你的作品，蛮不错的，只是故事情节有些普通。如果你多画一些生活中不可思议的事或者新发现，说不定会有质的飞跃呢。还有啊，你的闲角也画得很好。恐怕在你心里，这些闲角也有各自的故事。"

有人懂我，这是最让我开心的事。

"这次我们招的是有工作经验且时间相对自由的人，但你好像说过，你希望成为一名漫画家吧？所以我就想鼓励一下你……我也是年过四十才出道的呢，加油！"

通话结束后，我依然握着手机，哭得停不下来。虽然没被录用，我至少感到自己比之前有所进步。

我靠着悠，和他一起翻阅绘本。

"飞机。火箭。"

翻到最后一页时，悠说：

"宇宙飞船。"

我不由得"啊"地喊出了声。

原来是这样。

原来"空间"一词还有宇宙的意思。[1] 我们内心的宇宙，一定就是这样无止境地延伸的。

我们先将行李寄放在酒店，中午之前，三个人一直在骑自行车。两点后办理好入住，孝和悠去钓鱼，送走他们后，我决定在酒店度过下午的时光。

这是孝的提议，他想让我多一些独处的时间。我感激地接受了他的馈赠。

整洁的和室宽敞舒适，从窗口能看到富士山。桌上放了茶叶和配套的日式茶点，还有一张手写卡片，毛笔字非常漂亮：欢迎芝浦一家，请尽情歇憩。短短一行字清晰地传达了店家的心意，我很受用。这样的关怀，让人忍不住想久久地住在这里。

我只喝了一杯茶，然后便拿着浴衣去了露天温泉。

里帆发来的那条消息，我只回复了一句"不要紧的"，添了一个表达感谢的表情包了事。无论是讨好、明哲保身还是找借口，都要写一大堆内容回复，我觉得太麻烦了。

回顾我们之前的聊天记录，我发现自己总是在和里帆说奉承话：

---

[1] 在日语中，"空间"也有"宇宙"的意思。

"我已经上岁数了""里帆你还年轻",等等,主动把自己放在卑微的位置上,真教人难为情。毫无疑问,给里帆留下"千咲是老阿姨"印象的,正是我本人。

争斗是没必要的。无论是和别人,还是和自己。自认为不必要的情绪出现时,随时将它们驱除就好。

穿过女浴室的门帘,更衣室里有两个年轻女孩,正边聊天边擦身体。我脱掉所有的衣物,走进浴场。现在大概不是泡温泉的高峰时段,浴场里没有别的客人。

打开喷头,我用温泉水冲遍全身,有种在祭礼仪式前洗净身体的感觉。

我朝户外温泉走去,一路小心谨慎,以免滑倒。太阳还高悬在空中,我任凭阳光洒遍全身。以前,我一直害怕这明亮的阳光,尽可能地躲避。但唯有此刻,我想完全沐浴在阳光里。

我安静地在温泉中沉下身子,仰望天空,整个人几乎被澄澈的蓝色吞噬。

一开始,我觉得水温有些高,随着身子慢慢被水没过,我渐渐习惯了,仿佛和泉水融为了一体。我望着自己叠起的双腿,爱抚着黑乎乎的膝盖——这是我努力育儿的勋章。

我闭上双眼,大脑仿佛融化了。这种惬意的感觉已经很久不曾有过了。

在那座神社得到神签启示的树叶后,短暂的时间里,似乎发生了许多事。我知道了辉也爸爸的另一面,试着去应征漫画助手,从宫司先生那里学会了自行除祟的办法……虽然组长的态度让我受伤,但多亏她让我知道了什么是CSP。如今，我对她的感谢反而更多。打个比方，对我来说，那位组长不过是和我说了十分钟话的面试负责人，但她恐怕是与露吹老师的人生紧密相关的人，是露吹老师疼爱的得意弟子。而她一定也有很多我不知道的故事。

辉也爸爸也是一样。他和太太是怎样认识，又是怎样走向婚姻的呢？宫司先生在那座神社里，度过了怎样的孩提时代？人生啊，真是越想越有意思。大家各有各的生活、过去和理想……

那一瞬间，灵感忽然在我的脑海中迸发。

我开始构思一个以小小神社为中心的故事。迷茫的人都会来到那座神社，那里有一只古怪的猫，和一位胖墩墩的宫司先生。

每个人都是平凡却独一无二的个体。

一个角色在我心里兀自灵动起来。他会说话，会生气，会流泪，会微笑。这个角色又带来另一个角色。这一刻，我可以拿起画笔。正因有这一刻，我才想拿起画笔，画出绝无仅有的故事。

这就是辉也爸爸说的——通过发呆创造一个让神进入的空间。趁着露天温泉空无一人，我对天空张开双臂，恭迎神明的到来。

神啊，欢迎您来。请尽情歇憩。

[第七片叶子]

―

偶然

猫の
お告げは樹の下で

举头望月时，人们总是伴着今晚是蛾眉月还是满月的感叹。

可实际上，月亮永远是圆的，我们看到的月亮不过是被太阳照亮的部分。

因此，无论月亮呈现怎样的样貌，那都只是它的一部分。

还有一个看似矛盾的事实：无论呈现怎样的样貌，月亮都是如假包换的月亮。

这大概和我们对别人的看法类似。

人也一样，无论你看到的是他的哪一面，那都只是他的一部分。

同样，尽管看似矛盾，但无论你看到的是他的哪一面，他都是如假包换的那个他。

昨晚写了博客，是因为有人久违地在推特上提到了我：

"今天在便利店看到了占卜师彗星朱丽叶，她正从货架里往外掏牛奶。"这句话不是空穴来风，而是真的。也不知道这条推文到底哪里有趣，转推人数竟超过了四位数。发布消息的人还周到地附上一张画质粗糙的照片，搞得我像个罪犯。当时我打车回家，穿着录节目时的衣服，顺路去了趟便利店，错的是不该忘记戴口罩。

为了生活，即使是我，也得去便利店买牛奶。同样价格的牛奶，如果保质期相差一天，即使是我，也会选货架里面新鲜的那盒。这点儿小事，人们何至于津津乐道到这个地步？作为一个独居的四十五岁女性，我也要过正常的生活；盛装打扮，在娱乐节目上和人聊天不是我人生的全部。不过，即使我以那篇博文作为最低限度的反抗，只怕也没人理解我的想法。

"所以啊，我都说了很多次了。你就老实地加入经纪公司，平时让经纪人陪着吧。经纪人总能替你买个牛奶吧？"

友谷边说边挤着加入气泡酒里的葡萄柚果汁，椭圆形的黄色果实汁水四溅。这间充斥着香烟和炉边烤肉油烟的狭窄店面，今天也和往常一样吵闹得很，谁也听不见我们的对话。

"我不要。加入公司只会被抽成、被随意使唤。"

"你不要光想着被抽成，如果公司能给你拿下更好的项目，你不是赚得更多吗？喏——"

说完，友谷将大啤酒杯递给我。他的握力非同常人，托他的福，我收获了一杯果肉满满、汁水丰富的果汁气泡酒。我感激地接过来。

"……不过，我做这行本来就不是为了赚钱。"

喝了一口气泡酒，葡萄柚的籽沾在舌头上。我没吐出来，而是将它咽了下去。

友谷向我劝酒。

"咳，手头有活的时候就努力赚钱吧。拜电子报税所赐，我的工作可是锐减啊。"

友谷发出哭泣的"嘤嘤"声。

他是税务师。能在互联网上报税后，流程确实简化了不少，很多人大概不用找税务师咨询也可以搞定了。

不过在我看来，电子报税对友谷的影响其实并不大，假若换掉目前的飞机头发型，找他做咨询的客人或许还能多一些。如果再换掉那件佩斯利花纹的衬衫，恐怕就没有客人一打开事务所的门便掉头就走了。但友谷有云："留飞机头的艺人都显得很年轻。"看来他是想永葆青春。

双眼皮的友谷目光锐利，整齐的粗眉毛离眼睛很近，鼻梁高挺。这种无用的英气反而使他整个人很有压迫感，显得凶巴巴的。其实他明明是个温柔的人，会二话不说地主动帮我挤葡萄柚果汁，却容易被人误解。在这一点上，他或许吃了不少亏。

友谷和我是高中同学。三年级时我们同班，修学旅行时也曾分在一组。我们在岐阜的偏僻乡村一起长大，毕业后却从未联系，直到一年前，才偶然在东京的一家小居酒屋重逢。

上电视或杂志的时候，我总是化全妆，编好头发，穿装饰性的连衣裙。连衣裙就不用说了，素颜让我有自卑感，所以高中毕业后，我不化妆就没出过门。我的五官整体寡淡，眼睛、眉毛、嘴唇都是如此。所以即便是去步行一分钟就到的投币洗衣店，我也要涂好脸，画好眼线，否则就打不开房门。

一天早上，我起晚了，垃圾清理车马上就要开来，只好心一横，素颜出了门。没被任何人看到，我还有些扫兴。拎着垃圾袋跑出家门可是网民们绝好的谈资。不过，根本没人怀疑这个披头散发、素面朝天，只在 T 恤外面套了一件针织衫的人是彗星朱丽叶。我试探性地去附近的面包店和租赁店转了转，没有一个人多瞧我一眼。尽管心里还是有些别扭，但我到底是冲破了自卑的束缚，认识到素颜就是我的变装方法。

从此以后，一切都轻松了许多。不想引人注目的时候，我只要不化妆，穿 T 恤和牛仔裤，披头散发即可。要是再戴一副眼镜就更完美了。某天，我这身打扮独自坐在居酒屋的吧台上，点了烤鸡肉串和酸味鸡尾酒当晚餐，忽然有人叫我。

"笑笑？"

我条件反射般回头，眼前是一个面相凶狠的飞机头男人，吓得我身子一缩。我对这颗被发蜡抹得黑光锃亮的脑袋没有印象，可能的话，也想离那双尖头皮鞋远一点儿。

只有岐阜的人会叫我"笑笑"。我的本名写作"笑子"，所以从小学到高中，朋友们都亲昵地称呼我为"笑笑"。

看来对方没认错人。他肯定认识过去的我，我却不认识他。见我神色紧绷，脸上写满了困惑和恐惧，他一下下地拍着我的肩膀，激动地说：

"是我啊——友谷！友谷茂！"
"欸？啊，啊——！友谷！"
友谷在棒球部的时候剃的是光头，和如今的模样大相径庭，我吃惊地说："你变化好大啊。"他笑着回答："笑笑一点儿也没变！"听到这句话，开心的情绪令我鼻头一酸。

他不知道我是彗星朱丽叶。这个消息在老家早已不胫而走，友谷却没有听说，这或许意味着他和老家早已疏于联系。

从名古屋的大学毕业后，友谷来到东京生活，成了一名税务师，有独立的事务所，和我一样离过一次婚，目前单身。他只告诉我这些个人信息，也从未请我为他占卜，所以我连他的生日都不知道。不过，他不时会像今天这样和素面朝天的我一起喝酒，听我抱怨。也会告诉我有关报销和税务方面的知识，帮我在二月份报税。当然，我会支付他税务师的咨询费。友谷是唯一一个能让我的身心都放松的人，尽管我们连手都没有牵过。

高中毕业后，我在一家食品公司工作，二十五岁和上司结婚，婚后生活却不顺利，一直也没有孩子；三十六岁时，我和前夫离婚后，开始在附近的酒吧上班。相对来说，我不擅长陪人说话、炒热气氛、仔细聆听或随意听人说话，而是更喜欢喝酒唱歌。我的每一天过得单调却轻松，只是偶尔也会不安，不知道这样的日子能过多久。

酒吧的桌上抽签机令我的人生发生了翻天覆地的变化。说是抽签，其实是星座占卜，使用者写下自己的星座后往机器的洞口投入百元硬币，转动把手，转盘就跟着转动，继而有纸卷掉出来。

喝醉的客人经常饶有兴致地往机器里投入百元硬币，拿出小小的纸卷打开来读，为纸上的内容或悲或喜。这让我觉得很有意思。一把年纪的大叔终归也知道自己的星座，每个人都希望有人替自己预言不远的将来会发生什么。可爱。多可爱呀。

这些运势是谁写的，又是怎么写出来的呢？星座占卜是怎么做的呢？我忽然产生了兴趣，于是去图书馆查阅西方占星术方面的知识。一大堆数字和表格搞得我眼花缭乱，根本看不明白书里写了什么，只得到一个朴素的感想：星座占卜竟然如此复杂。

只是，看到被十二等分的圆形天宫图时，我忽然觉得心动。散落于其中的行星标记轻巧地移动着，引起了我浓厚的兴趣。我慢慢花时间自学起天宫图的读法。尽管起初难以理解，但到了某个时点，智慧之轮仿佛忽然朝我倾斜。"原来是这样啊！"那个福至心灵的瞬间过后，一切都变得水到渠成。我逐一掌握了天宫图的结构。读书的时候，我从未觉得学习是一件有趣的事，学习占星术却令我痴迷。

没过多久，我听说有一种电脑软件，只要输入出生年月日和出生地点，立刻就能算出个人星盘。我甚至为用这个软件买了笔记本电脑。然后，我开始与店里的女员工和常客聊天，即兴为大家占卜性格、运势——当然都是免费的，我这样做只是因为开心。

人们对占卜的需求远远超出了我的想象。每当我占卜出对方的天性和人生趋势，对方都会探着身子问我："然后呢，然后呢？"无论什么年代，占卜永不过时，这肯定是因为占卜是唯一针对占卜者自身的分析。任何人都可以在电视、电影和书中旁观他人各种各样的故事，但只有占卜能为占卜者本人撰写独一无二的故事。我深刻地意识到，大家比我想象的更希望了解自己。

时间久了，有一天，老板娘对我说："你以后做收费占卜。"从此，每个星期二便成了固定的占卜日，我收取占卜费用，分给老板娘两成。

至于艺名，是我随便取的。彗星朱丽叶——不过是将我喜欢的两首歌名连在一起罢了。随着口口相传，客人越来越多，还有特意来找我做占卜的年轻女客人。两年里，我为二百多人做了占卜。这时候我已经年过四十，但年龄的增长似乎对我的事业起到了正向的作用。岁月的历练令我能更精准地表述占卜结果。同样说明一个道理，比喻的方式不同，对方的反应会有很大不同。客人为我的话欢笑或流泪，最后如释重负地离开，这让我非常开心。

老板娘在店铺深处打了一个隔断，为我辟出一小块占卜空间。也曾有几个占卜者向我倾诉烦恼，认为自己运势不佳，但在我听来，大多数说自己不走运的人只是自认为不走运罢了。从宏观角度来看，大部分人还是蛮走运的。证据便是大家不约而同地羡慕别人，对我说什么"除了我，其他人都很幸运"。

即使属于同一个星座，不同的人也有不同的星盘配置。每个人都富有个性且有趣，在我眼中，没有哪个人是平庸的。这是占星带给我的最大发现。

一次，有一位在名古屋某企划公司工作的客人到岐阜出差，看到我在做占卜便问："今天公司有派对，可以请您去现场为我们占卜吗？"我有些犯怵地回答："那么大的场面，我可做不来呀。要是占错了，会被骂的。"对方笑着说："不，占得准或不准其实没所谓的。您的气场特别好，给人一股浓重的神秘感，说的话却很有意思。"占卜即使不准也没关系吗？我一面想，一面推算行星的运行，看了一眼自己那天的星盘——挑战新事物的绝好时机，好到令人觉得邪门的地步，建议接受所有邀约。既然星星都这样说了，那就试试看吧。我决定行动起来。"希望您那天的妆容尽可能地华丽。"对方提出了要求，于是我照做了。

那之后，时光飞逝。那场公司派对中有电视台的人参与，节目制作人问我愿不愿意去做地方台的占卜节目，我答应了。上了那个节目后，主流电视台也向我发来了邀请。

我在岐阜和东京之间来回奔忙，长相和名字逐渐为人所知，走在大街上有时会被人叫住或盯着看。甚至曾有人突然在马路对面大喊，要我预言下一次地震的时间。还曾有人拜托我预测赛马的结果。相反，也有人在擦肩而过时忽然撇过脸去，像是看到了什么不正经的人。

尽管如此，辞去酒吧工作之前，我偶尔还是会做一对一的占卜。但互联网上开始屡屡有不实消息传播，发帖人号称"是彗星朱丽叶说的"。有时候是发帖人错把其他占卜师当成了我，有时候则明显有人冒充我。即使我没说过那些话，不实的消息还是肆意传播，我根本无法阻止。"彗星朱丽叶"这个名字的影响力超出了我的想象。更过分的是，恶作剧性质的占卜者越来越多，有人故意出难题给我，想看我如何解答。我因此身心俱疲。

后来，我正式加盟主流电视台，除了杂志专栏，还有出版社想找我出书。这时，我又看了一次自己的星盘，结论是眼下正面临转机，最好有所变化。于是，我辞去已经好久没做的酒吧工作，退掉公寓，决定去东京闯荡。

从此以后，我再没为人做过个人占卜。

在其他占卜师看来，越是经常上电视的、名声大噪的人，不做个人占卜的可能性越大。我开始和媒体接轨，逐渐转向让大众了解占星术、享受占卜的方式。娱乐节目问的都是适合面向社会大众播出的问题，例如两位一起演戏的艺人结婚的时机，某位演员是否会爆红，等等。于是，我开始面向"非特定的大多数读者"，给杂志或图书供稿。

"彗星朱丽叶"是我在东京生存下去的铠甲，它时而保护我，时而过于沉重，几乎将我撂倒。

允许我脱去这身铠甲，以"笑笑"的身份在居酒屋畅所欲言的友谷，给了我极大的包容。今天，我也带着谢意凝望着和我并排坐在吧台角落、嚼着鱿鱼干的友谷。

"很早我就想问来着，'彗星朱丽叶'的'朱丽叶'，是源于方格子乐团[1]的那首歌名吗？"友谷问。

友谷不怎么能喝，一瓶啤酒下肚，眼睛已经开始发直。

"露馅了啊。"

我"咕咚咕咚"地喝着第三杯气泡酒，感觉身体舒适地放松下来，开始犯困。

友谷说得对，"朱丽叶"取自我和他十几岁时流行的方格子乐团的歌。

---

[1] 方格子乐团：活跃于二十世纪八十年代至九十年代前期的日本乐团，脍炙人口的《伤心朱丽叶》是他们爆红时期的歌曲之一。

"在我看来,《伤心朱丽叶》是方格子乐团的最高杰作。"

"笑笑那时候很喜欢方格子乐团吧。午休的时候,你仗着自己是广播台的成员,经常放这首歌。"

"嗯,很喜欢。我的青春与方格子乐团同在。"

我趴倒在桌上,闭上眼,喃喃地唱起那首《伤心朱丽叶》。看来我选了一首悲伤的歌啊。它唱出了对从前的恋人朱丽叶的不舍,以及在大都市失去珍惜之物的哀伤。在教室的角落动情地唱着这首歌的时候,我还完全不明白它的意思,长大后,这段旋律却不知为何久久地回荡在我心里。嗨,高中时的我。三十年后,我已经走得太远,到了你根本无法想象的远方。

友谷向店员要水的声音从我头顶飘过。

第二周早上,友谷发消息给我,说自己发了高烧。虽然是九月,还是做了检测,以防万一。结果是阴性,似乎只是单纯的感冒。他身体结实,外表粗犷,病毒和细菌仿佛都无法近身,没想到其实常常感冒。

友谷虽然租了一间公寓,但事务所更宽敞,所以经常在那里的沙发上睡。"不好意思,能不能帮我带些吃的来?"真是罕见的请求。

我每次和友谷见面都在居酒屋,从没去过他的事务所。

下午我在东京市内的酒店有一场座谈活动,但中午之前应当能挤出时间。我循着友谷给的地址,第一次在东京市郊的某站下车。

友谷的事务所在离车站步行大约十五分钟的一栋古旧的商住大楼

四层。窗户上贴着印有"友谷税务师事务所"字样的巨幅海报,三层是功课辅导班教室,二层和一层似乎没有任何租户,但卷帘门半开着,里面好像在装修。

事务所的门没锁,推开门,只见友谷裹着毛毯躺在沙发上。"我来啦。"听到我打招呼的声音,他轻轻睁开双眼,虚弱地回应了一句"哦"。没有光泽的刘海贴在额头上,这是我第一次见到不是飞机头发型的他。

事务所没有炉灶,但有微波炉和冰箱,于是我做了带鸡胸肉的简单蔬菜汤,问他:"喝吗?"他回答:"一会儿的。"看来相当难受。

"要喝运动饮料吗?"

"嗯,想喝。"

友谷撑起身,我将运动饮料倒在玻璃杯里,他"咕咚咕咚"地喝掉了半杯,喉结上下滚动着。

"还想吃点儿什么?"

"好想吃寿贺喜屋家的冰激凌小豆粥啊。"

我忍俊不禁。寿贺喜屋是主要在东海地区经营的拉面店,只在西日本一带的美食广场才有。至少在关东地区这段时间没有开店。高中时,一百八十日元就可以在它家吃一碗面,顶着冰激凌的小豆粥好像是一百四十日元。高中校园旁边有一座大型超市,里面就有一家寿贺喜屋,是放学后和朋友们聚会的好地方。

"抱歉,我还是躺着吧。"

友谷倒在沙发上。我替他理好毛毯,他闭着眼,像唱摇篮曲似的嘟囔道:

"我好久没吃过寿贺喜屋的霜淇淋啦。它们家的霜淇淋，和别人家不太一样吧？很好吃呢。"

"……你有阵子没回岐阜了？"

"嗯。"

友谷翻了个身。

我不知道他在岐阜发生了什么。只是感觉得出，他的内心想必也有大大小小的伤口。我也一样。从离婚后开始在酒吧工作时起，我就不再和家人、亲戚联系。以占卜师的身份面对媒体后，更是和他们断了关系。

看着友谷的后脑勺，我想：我们都在不知不觉中长大了呢。

"我走了哟。"

"嗯，谢谢你特意过来。"

"苹果和香蕉，也给你放在这儿了呀。"

"太好了，谢谢。"

我冒着多管闲事的嫌疑，还是为他买了内衣和 T 恤，将它们和水果一起放在桌上。

我摸了摸友谷的额头，轻轻抚了他的头发三次，留下一句"我会再来的"便离开了事务所。友谷没打发蜡的头发被汗浸湿，像个小孩。

走出商住大楼，我正要往车站走去，忽然看到旁边有一条小路。路的尽头有一座鸟居，原来那里有神社。

我下意识地朝神社迈开脚步，在石砌的鸟居面前行了一礼，走了进去。这是一座小而整洁的神社，莫名给人一种家的感觉。

在净手池洗过手、漱过口后，我站在前殿前面摇响铃铛，双手合十。

每次来神社祭拜，我都不向神求任何愿望，只是闭上眼，让心归于平静。硬要说的话，我只是感谢神让我平安无事地活到如今。

神真的会实现人们的心愿吗？我不知道。我常常想：说不定神明比我们想象中喜欢恶作剧得多，平时只是在云端笑呵呵地望着我们，要么一脚把我们踢到一边，要么随心所欲地让人和人吵架或腻在一起，如此而已。

我有点儿累了。转过身，想要离开的时候，目光停驻在那棵大的绿叶树上。这树有多大年龄了？树干这么粗，树龄肯定超过百年了。它在这里目送过多少来祭拜的人呢？

走到树下，一抬头，我发现很多叶子的背面写着字。"中一亿日元的彩票！""想要女朋友！"唉，人类真是的，除了欲望就没有别的了。

突然，树干旁边露出一只猫脑袋。

"黑兵卫！"

我不由得蹲下来大喊一声。黑兵卫，你竟然在这儿！

……不对。

这只猫的后背和半边脸都是黑色，白色的毛从额头往下描出山似的八字形。它和黑兵卫长得很像，但黑兵卫的鼻头是粉色的，它的鼻子则像墨一般黑。仔细瞧则会发现，两只猫虽然很像，但耳朵和脸的轮廓还是有细微的差别。

它本来也不会是黑兵卫。黑兵卫是我读高中时遇到的猫,时至今日,不可能还在这个世界上。

八字脸的猫咪一动不动地抬头望着我。它有一对香槟金色的瞳孔,我对它笑笑,它也回以笑容。

呀,笑了呢。

它的笑容就像在街上偶然遇见了老朋友那样亲切。呀,好久不见。

不知道为什么,我不由自主地开口问道:

"黑兵卫还好吗?"

猫的唇角愉快地上扬,深深地点了点头。我打心里松了一口气。虽然不知道黑兵卫在哪里,但无论是在哪个世界,它大概都是健康的。不知道为什么,我相信眼前这只猫知道黑兵卫的状况。

"那孩子寂寞不寂寞?"

自言自语之间,我的眼眶开始发热。这是我长久以来一直挂念的事。

黑兵卫是只流浪猫,但它很聪明,会挨家挨户地讨饭吃。不知道是乡下的特色还是时代的特色,总之那时即使是家养的猫,擅自跑出家门再回家也是常事,于是很多家把黑兵卫当作自家的猫,时不时喂它些东西。我叫它黑兵卫,实际上,它应该还有很多名字。

我与黑兵卫第一次见面是在某天放学后的回家路上,它蹲在一座公园的杜鹃丛里,与我目光相接。一开始,我们对彼此都不以为意,但随着碰面次数的增加,我们逐渐熟悉起来,距离也慢慢缩短。我和它说话,它还会"喵"地短促回应。它见到我会亲昵地翻肚皮的时候,我想从厨房拿小杂鱼干给它，没想到遭到了母亲的强烈反对。

"摸一摸也就算了，吃的不能给。咱们这种住宅区养不了猫。既然没法负责，就不要给予模棱两可的爱。"事到如今，我知道母亲这番话非常明智，但当时的我只是觉得不可思议——哪里会有"模棱两可"的爱？食物和爱可以画等号吗？随便摸没问题，只要不喂吃的就不算爱、不用负责吗？

不过，尽管我听母亲的话没给黑兵卫喂食，我和它仍然愈加亲密。我也不明白这是为什么。

失落的时候，只要摸到黑兵卫，我就有一种被治愈的感觉。它虽然不会说话，那张平静的脸上却仿佛写着"我什么都知道"，显得格外可靠。有时我不免惶恐：黑兵卫真的愿意和我这样糟糕的人做朋友吗？

这样的日子大概持续了一年，一天，我忽然意识到，好像有阵子没见到黑兵卫了。大概一个月后，我又在杜鹃丛那里见到了它。黑兵卫认出我便起身朝我慢慢走来，仿佛已经等待多时。

"好久不见呀。"我蹲下来，黑兵卫用脑袋猛地顶了我的腿好几次，又一下下地把头抵在我身上。它从前从没有过如此激烈的动作，我以为它是在为什么事恼火。

"你怎么了？"黑兵卫听到我的问话，挪开脑袋，抬头看着我叫了一声。如果我能听懂猫的话该有多好。我摸了摸它的头，它闭上了眼。过了一会儿，它仿佛理解了什么似的睁开眼，背对着我头也不回地远去。

那是我最后一次见到黑兵卫。长大后，我不经意间在网上看到一篇报道，上面写道："猫用头顶人是爱意的表达，意味着它很喜欢你。"读到这里，我哭了。原来那是它在向我告别。

黑兵卫居无定所，四海为家，自由自在地活在世上，接受许多人的宠爱。

但我知道，同样有不少人讨厌它。养小动物的人家和有菜园子的人家很警惕流浪猫，放学和我一起回家的伙伴也说过"流浪猫脏兮兮的，我不想碰"。

谁都没有错。真的，大家都是对的。

尽管有人宠爱，也遭人憎恨，黑兵卫还是选择做一只流浪猫。我大概懂得它这样做的理由。来东京之后，我想起过它太多次，无法在某个固定的地方建立安稳的关系，它的身影已渐渐和我重合。

"你说，黑兵卫其实是不是挺寂寞的？"

我又问了一次。

八字脸的猫轻轻瞟了我一眼，没有回答，悠闲地绕着大树走了一圈。它的步伐优雅，像钥匙一般弯曲的尾巴微微摇晃。这只猫身材真好，屁股上还有一个白色的五角星，我不由得看入了迷，而猫突然加快了步速。

它脚下生风，绕着树飞快地跑起来，我几乎要看傻了。接着，它忽地在某个地方停下，抬起左脚，"嗵"地拍在树干上。一片树叶落了下来。

偶然

偶然。

这是什么？是这只猫的名字吗？

"这是什么意思？"

我捡起叶子，想要问问它，它却不见了。我急忙四下张望，看到它正迅猛地攀上前殿旁边的台阶。

我坐在树下的红色长椅上，想让自己静一静。

那只猫的一系列举动，似乎很像某种行为。想来想去，我终于意识到，刚才的一切宛如一场塔罗占卜。尽管我只做星座占卜，但刚开始在岐阜的酒吧做付费占卜的时候，出于好学之心，我曾请一位塔罗占卜师为我做过不少占卜。当然，我隐去了自己也在做占卜的身份，说自己是第一次接触这些。

先洗牌，然后抽取一张卡牌。用一张牌面解读一切。那张偶然抽出的牌里，包含着当下对问卜者来说最重要的信息。刚才那个仪式一定也是这样。无论如何，那只猫都不是等闲之辈。

偶然。偶然是什么意思呢？

我将那片绿叶拿在手里端详，叶子边缘有被拉开的罐头盖一般粗糙的锯齿。还想在这里多待一会儿，但没时间了。我看了一眼手表，站起身，将猫赠给我的"信息卡片"夹在手账里，朝车站走去。

到酒店时，责编清水小姐已经在大厅等我了。她平时打扮入时，今天穿了一件钻蓝色的连衣裙，显得整个人很有紧迫感。

我出版的书中有报名券，出版社会从报名者中抽出三十位观众旁听此次的座谈。听说报名人数相当多。活动中，我将总结书中的内容，合并西方占星术的结构及思路写在白板上，和观众们交流。

"拜托您时不时和观众们互动一下，带动现场气氛。"清水小姐说。

走进会场，一片掌声响起。二三十岁的女观众明显很多。

我在白板上画下今天的天宫图，给大家讲解了木星未来的行动轨迹。由于水星自上周开始逆行，我将它作为今日分享的主题之一。

"水星逆行一年大约发生三次，逆行时容易发生以下情况：交通秩序混乱、电子产品故障、沟通不畅、容易忘事等。这段时间如果发生了这些事，大体上可以归结为受到了水星逆行的影响。不过，每个人的星盘各不相同，行星逆行的影响也不会完全一致，因此大家的感受可能也会不同。"

不愧是买了书来报名参加活动的，观众们都很热情，目光炯炯地听我讲解，不时做些笔记。

"打个比方，有不好的事发生时，大家会怎么处理？好的，请这位观众回答！"

我指着坐在最前排那位干劲十足的女孩。她起身开朗地回答我的提问，马尾辫在脑后摇动。

"跑步忘掉这一切！"

她挥动双臂，比画出跑步的姿势。大家都被她逗笑了。如此热情的回应真不错，我很感激。

"真舒服啊。"我正要叫下一位观众回答，马尾辫女孩继续道：

"但有些事情，或许也不必勉强忘记。"

我意外地望着她。

"为什么呢?"

"因为只要假以时日,现在让你难过的事,今后或许会变成很棒的东西。"

她露出清澈的笑容,细嫩的皮肤透着年轻,仿佛吹弹可破。

"我是见习理发师,工作的那家理发店很不错,欢迎大家来理发——!"

她转身面向其他观众,报上理发店的名字。笑声和掌声一同响起。

"很会做生意嘛!"我说。

她对我一吐舌头,坐下了。刚刚二十岁出头的她,尚有不可限量的未来。无论多么痛苦的过去,都可以化为美好的期许。她健康、开朗,刚刚步入社会,一定有不少朋友。望着这位像白纸一样纯净透明的女孩,我不由生出几分羡慕。

我调整呼吸,继续往下讲。

"水星逆行给我们带来的不只是坏消息,也会有好事发生哟。重要的是,它会给人一种时光倒流的感觉,人们可能找到丢失的东西,或者和怀念的人重逢。"

的确如此。这一点我也深有感触。和友谷在居酒屋重逢的时候,也正值水星逆行。

但这种事不会发生在每个人身上。水星逆行了这么多次,却从未为我带来任何和前夫重归于好的征兆。这颗星星似乎只将还有必要重逢的人带到我们身边。

"水星逆行期间举办的同学会,促成情侣的概率会比平时高。"听了我这句话，会场上发出此起彼伏的、有些不好意思的笑声。看来每个人都有不少各自的爱恋。在大家的笑声中，我也不禁怦然心动。

活动结束后，我正在休息室换衣服，却听到有人敲门。开门一看，清水小姐站在外面。

"不好意思，朱丽叶小姐。有一位观众无论如何也想和您见一面……"

"不会是认识我的人吧？你有问她叫什么吗？"

"嗯，是这位，玉木小姐。"

清水小姐将观众名单摊开，指着其中一个名字。

玉木珠希。

"Tamaki Tamaki？"[1]

"对，是一位老奶奶。她想请您为她做个人占卜，我们和她说了您不接受个人占卜，可是……"

刚才确实有一位穿和服的老妇人坐在会场的角落里，是一位高雅的老奶奶。

原来她叫玉木珠希。

偶然……？我想起八字脸的猫送给我的那片树叶上的字。

---

[1] 在日语中，"tama"这组读音对应的汉字及意思多种多样。"玉木"和"珠希"的读音均为"tamaki"。"偶然"的读音为"tamatama"。

"让她进来吧。"

清水小姐露出惊讶的神色,说了句"好的",暂且关上了门。

不久后出现在我面前的"Tamaki Tamaki"女士进门时说着"抱歉、抱歉",连连鞠躬,害得我都有些不好意思了。

"我叫玉木珠希,是从叶山来的。今年八十三岁。"

"从叶山?远道而来,辛苦您了。"

"之所以叫'Tamaki Tamaki',是因为我的丈夫姓玉木。一切纯属偶然。"

玉木女士微笑着说。大概她每次做自我介绍,都会用这些词吧。是不是应该有所回应呢?我姑且笑了笑,说了句"初次见面,请多关照"。

"听说您是一位著名的占卜师,于是我今天满怀期待地来参加这场活动。我想知道中川读的是一本什么书,于是翻了翻,看到书里有张报名票。我问中川这是什么,她告诉我,只要把它寄给出版社,就能见到彗星朱丽叶老师。我啊,活到这把年纪,还没见过真正的占卜师呢。于是乎,我就报名了。"

虽然不知道中川是何许人也,和玉木女士又是什么关系,但总之,玉木女士没读过我的书,平时对占星术大概也无甚关心,只是想见见占卜师。一股不好的预感从我心头掠过。

"今天我讲的内容,您觉得怎么样?"

玉木女士开心地用力摇头:

"嗯，我一点儿也没听明白。但说来也巧，正在我烦恼的时候，意外地有和您见面的机会，我就满怀激动地来了。听了您的讲解，现在我确信，如果拜托朱丽叶老师，一定没问题。"

"您说的没问题，是指……？"

"您刚才说了，可以找到丢失的东西。"

玉木女士笑呵呵地望着我，似乎很满足。

"老师，我丢了一把非常重要的钥匙。可以请您帮我占卜一下，它被我丢在哪里了吗？"

我不由得闭上了双眼。糟糕，刚才不该让她进来。我以为这个人和在神社得到的信息有关，一不留神就放松了警惕。

睁开眼，我在脸上堆砌起电视和杂志上的"朱丽叶式"微笑。

"对不起，我现在已经不做个人占卜了。"

"嗯，没关系，您只要告诉我那把钥匙在哪儿就行了。"

我差点儿一头栽下去，又赶忙直起身子，在沙发上坐好。

"您说的是什么钥匙？"

玉木女士清了清嗓子，从手提包里拿出一张黑白的老照片。

"是这个。"

照片上，一个看上去不到十岁的小女孩在微笑，手里捧着一只古董风格的木盒。那盒子可能是首饰盒，上面有着宗教画似的精雕细刻，盒盖上有一个钥匙孔。这位大小姐模样的可爱少女，是小时候的玉木女士吗？

"我想给您看看，就抽出一张老照片带了过来。毕竟不能把盒子带来，它现在在保险柜里锁着呢。要是被人把里面的东西连盒子一起偷走就糟糕了。这是钥匙的图样,是用黄铜打的。"

她递给我另一张明信片大小的纸,上头用铅笔画着一把钥匙,手持的部分装饰有贵族家徽般精美的纹样。旁边还郑重地签着"TAMAKI"的名字,像是玉木女士画的。钥匙不在手边还能画得如此细致,说明她肯定常用这把钥匙。

"唉,如果没了那把钥匙……"

玉木女士突然开始呜咽,吓得我一下子站了起来。

"您……您再好好找找嘛。"

"嗯,我找了啊,但是找不到。我已经受不了再这样一个人找下去了。除非神仙显灵,否则我是没法取出盒子里的东西了。一定要在被别人知道它之前,找到钥匙才行。"

玉木女士掏出带蕾丝花边的手帕覆在脸上。她手上戴着祖母绿的大戒指,仔细一看,手表也是宝格丽的,和服和手提包看起来都价值不菲。被这位一看就知道是有钱人的老奶奶如此珍重收藏的东西,不知有多么昂贵。不管怎么说,这对我来说,都是不可负荷的重担。

"您的心情我理解,但我不接受个人咨询。抱歉没法帮到您。"

"这样啊……"见我低下头,玉木女士喃喃着叠起手帕,接着从怀中取出书信纸,用钢笔流畅地写了些什么。

"这是我的住址和电话号码,您随时都可以联系我。"

她说着将书信纸递给我,起身恭敬地朝我鞠了一躬。也不知道是否听见了我说的那番不做个人咨询的话。

第二天，我没有工作安排，上午发消息问友谷的情况，他回复我："退烧了。"我简单买了些东西去事务所探望，他换上了我上次放下的T恤，看上去清爽了些。上次装在便当盒里带去的蔬菜汤已经一干二净，香蕉也少了一根。

"你啊，那盒子里装的也不见得是值钱的东西嘛。"

我和友谷讲了玉木女士的事，他这样说。或许是嫌碍事，他用橡皮筋将刘海扎起来，梳了个朝天髻。

"不是值钱的东西，还能是什么呢？"

"回忆之类的吧。"

友谷用勺子挖着冰激凌。他可真是个浪漫的税务师。

"钥匙丢了，打不开盒子，拿不到勾起回忆的东西了。那肯定会哭呀……这个真好吃啊。"

我把香草冰激凌淋在罐装的小豆粥上递给友谷，他似乎很感动。

"笑笑牌冰激凌小豆粥，如何？"

我做了一份一样的给自己。霜淇淋外带会很快化掉，所以只好用杯装的冰激凌代替，这一点难免让人有些遗憾。

我把冰激凌和小豆粥搅拌在一起，小口吃着，友谷忽然盯着我的脸说：

"你好像有些失落啊？"

"……被你看穿了啊。"

昨天的座谈活动盛况空前，至少我是这么觉得的。清水小姐也夸奖道"很不错呀"。回家后，我立刻将活动简报和致谢的文字发在博客上，今天早上睡醒一看，我惊呆了。

评论区乱糟糟的。一下子多出了二十条和活动有关的评论，其中不乏善意的内容，但还有十条几乎是恶言相向。有说我比电视里丑的，有说我整容脸的，还有说我化妆太浓的。有关外表的评论也就算了，但还有人在说我占卜的坏话。

——其实她没有天眼吧。我觉得她只是讲话有趣，没有占卜师的能力。

——那不叫占卜。我不认可。不过是作秀罢了，竟然还出书，别得意忘形！

"天眼"是"看得见"的意思，是占卜爱好者之间常用的词。它和预言的意思稍有不同，简单来说，和"灵视"差不多，意思是能看透对方灵气的实相或未来，或读出关心之人的心思。

既然对方这样说，我也只能回答"对，我没有天眼"。我又不是用灵力来占卜的。虽然不否认灵视的存在，它和星座占卜也不是毫无关系，但我一直都从学术角度研究西方占星，并试图用自己的话将其讲给大家。

如果批评我的是那些只看电视的人，某种程度上，我也觉得那是没办法的事。因为无论他们看或不看，电视里就是有我。但让特意报名参加活动来见我的人如此不愉快，这令我难过——不仅难过，还连带着感到愤怒。无论是对自己，还是对我的客人。

"我以为观众们都很满意呢，真不明白，怎么会有如此糟糕的评价……大家昨天看起来都很开心啊。"

我嘟囔个没完，友谷吃完冰激凌小豆粥，将易拉罐放在茶几上，打开电脑。

"你看过评论的 IP 地址吗？"

"IP 地址？"

"不会吧，你这博客玩得这么没心没肺啊？"

友谷从收藏夹中点开我的博客："我不看，你登录一下。"他说着转过身去，我在他身旁输入了密码。打开主页后，友谷又点了几次，跳到"评论管理区"，浏览我收到的所有评论。

"这串数字前头，不是写着'IP'吗？……你看，胡来的果然是同一个人，数字都一样啊。这是同一个人变换名字和文风，用同一台电脑评论的。"

"原来是这样……"

"看来写这些评论的家伙也一样不熟悉网络知识，以为自己不会露马脚。更何况，你也不能确定这个人昨天有没有在活动现场。他这种行为，也有可能是借机宣泄平时的不满。"

不知道为什么，我忽然疲惫不堪，倒在友谷之前躺过的沙发上，只不过朝着相反的方向。

"看来，恨我的人可真多啊。虽然我看不见他们。"

"在我看来，与其说他们恨你……倒不如说他们受了伤。"

"受了伤？"

"给你留言的这个人，要么是占卜师，要么是想做占卜师却做不好的人。就算不是占卜师，这人恐怕也是相当喜欢占卜，觉得自己和笑笑没有很大不同。无论他有没有付诸行动，但这份心情不难理解。看上去他是恨你，实际上，他怀着一种类似被命运伤害的心情呢——为什么只有这家伙这么顺利？我也很爱占卜啊。这种人也许觉得不伤害你就不划算吧……要删除这些留言吗？"

我摇了摇头。

"算了，就放着吧。谢谢你。"

"那你退出登录吧。"友谷点头，离开了电脑旁。我从沙发上起身，默默地操作鼠标。友谷一边叠毛毯一边说：

"我们不是经历过没有互联网的时代吗？那些根本不认识的人在网上随意发言，仿佛存在即合理，这总是让我觉得不舒服。但还是有人不为这些声音所动，坚持自己的想法。假如你真有什么过错就更不用说了，有得是在网上匿名说人坏话的家伙。对他们来说，根本没有所谓的人际关系。这种事，只不过是和你无关的没本事的人在向你泼脏水。被泼了脏水，心情肯定不会好，但顶多也就是如此。"

友谷打了个喷嚏，把毛毯放在沙发上，用纸巾擤起鼻涕。

他坦然的语调像那块毛毯似的，将我温柔地包裹起来。我讨厌陌生人泼的脏水，却不嫌弃眼前鼓励我的友谷的鼻涕。他近在咫尺的呼吸，似乎令我心安。

"嗯……谢谢。"

我退出登录后，重新打开那篇博文，冷静下来，重读了一次评论，不由得陷入反思：暖心的评价明明也有许多，我却只被那些刺眼的词戳中，无法认真思考。

友谷似乎有些担心：

"不过，如果你讨厌这类评论，干脆就关掉博客吧。"

"不用。正是托时代的福，我才想拥有这样一个可以随心所欲地发表自己的观点、不必被任何人审核的地方。而且，互联网上毕竟可以遇见很多开心的事。似乎正因为不清楚对方的真实身份，人们才能不被外表、年龄和身份牵绊，进行灵魂的沟通。"

　　友谷好像在看我，我回望过去，遇上了他温柔的目光。我立即撇开脸，不去追究自己狂乱的心跳。

　　我一直努力不让自己对友谷有那种想法。我们已经不是高中生了，无法轻易地黏在一起或分开，我也不想失去如此珍贵的朋友。我希望牢牢守住自己的位置，就算有一天，他选择和某个年轻女孩走向新的人生，我也会笑着对他说"恭喜"。

　　我忽然想起一件事，于是问他："可以借我电脑用一会儿吗？"然后，我取出昨天玉木女士给我的那张书信纸。我将它夹在手账里，还未动过。

　　看到她住址的瞬间，那栋建筑的名字在我脑海里留下了印象："蔚蓝叶山"。起初我认为那只是公寓的名字，后来才慢慢感到好奇。

　　输入"蔚蓝叶山"，我很快就找到了它的主页。果然不出我所料，那是一座老人院的名字。那里可以看到美丽的大海，院内设施也很高级。我想象着玉木女士在那里生活的样子，想象着她说"钥匙丢了"时为难的神色。她有把这件事告诉老人院的员工吗？还是一直保守秘密，没对任何人说？

　　手账里还夹着猫送给我的那片叶子。

　　"友谷，这个你怎么看？"

　　友谷特意凑过来，拿过叶子，认真地端详正反两面。

　　"什么怎么看？这是什么树的叶子？"

　　"上面不是写了字吗？"

　　"嗯？"

友谷凝视着那树叶，扭歪了脸，仿佛在面对一道难解的习题。

难道他看不见上面的字？原来如此，那肯定只有我才能看见了。

我从友谷手中接过树叶，换了一个问题：

"听到'tamatama'这个词，你会想起什么？"

"欸？欸——？这个嘛……"

友谷露出猥琐的坏笑。

"你这个色鬼！"

我轻轻拍了他一下。太好了，看来他是彻底恢复健康了。

"这个嘛……我的话，听到'tama'，首先想到的是棒球吧。"[1]

友谷读高中时，曾是棒球队的捕手。提到和棒球有关的姿势，大部分人都会做挥棒的动作，友谷聊到棒球时，却必定会做戴着手套接球的动作。

"我啊，不光喜欢棒球，还很喜欢擦球。好像默默地把它擦干净之后，心里也会敞亮很多……哦，对了！"

友谷从桌子的抽屉里拿出两张纸片。

"养乐多燕子对战中日龙，神宫球场的票，我搞到了两张。要不要一起去看？"

"好啊，去看！"

梳着朝天鬏的友谷举着两张夜场票笑了，眼角堆起深深的皱纹，蓄着的胡子斑驳花白。和我生长在同一个年代的他可爱至极，我拼命忍住想咬他一口的冲动。

---

[1] 在日语中，"tama"写作"玉"时，有球（珠）和男性性器的意思。

友谷说有积压的工作要处理,于是我在傍晚离开了事务所。

眼下已是九月下旬,风里开始有了秋天的味道。呼吸着干爽的空气,我再次前往那座神社。

八字脸的猫还在吗?不过,我隐隐有一种不会再见到它的直觉。一期一会。

昨天我只在下面的前殿拜了拜,正殿肯定在台阶上面,也就是猫跑上去的地方。我踏上了那段台阶。

来这里的人,是怀着怎样的心情爬上这段台阶的呢?有些人是来做每天的功课,有些人带着迫切的心愿,有些人希望得到祝福,还有些人……或许是背负着自己缚在身上的诅咒。

台阶的尽头果然是被寂静笼罩的正殿,庄严而肃穆。

望着殿前的那对石狮子,一个微胖的男人从后面走出来。他穿着蓝色的工作服,提着一只水桶,桶里有一块抹布。我微微颔首,他对我露出惠比寿[1]似的笑容:"您好。"水桶上写有神社的名字,可见他应该是这里的官司。

"前殿侧面那张长椅旁边的树,是什么树?"我问。

"哦,那个啊,是大叶冬青。那种树很有意思的,抓一抓它的叶子,就会留下褐色的痕迹。古时候,人们好像会用它的叶子抄经或通信。啊,对了,那叶子好像也曾用来占卜。"

"占卜吗……?"

我忍不住笑了。官司先生叹着气说:

---

[1] 惠比寿:日本七福神之一,体型富态,圆脸、大耳垂。

"占卜师也很不容易啊。"

我以为他认出了我的身份，身体不觉有些僵硬。但似乎并非如此。宫司先生望着别处说道：

"'灵能'这个词流行之后，可怜的占卜师好像比以前多了。大家好像不把他们当作普通人。我有时也会被人误以为是灵能者，问我去世的人在对他们说什么，或者跟我抱怨来这里祈祷后愿望却没实现。"

"嗯，我很清楚您的感受。真是不容易。"

我几乎想和宫司先生握手了。也许是感受到了我情绪上的共鸣，宫司先生的语速越来越快。

"占卜者也许的确能比其他人更敏感地感知神明的气息，但我觉得，他们就像读书时班里的课代表一样——生物课代表往往先发觉青鳉鱼产卵，健康课代表和医务室老师说话的机会往往更多。他们并没有那么与众不同。同样是普通学生，别人却要求我有超能力，我也很难办啊。"

看来宫司先生也有很多不满啊。我忍不住想要微笑。

"啊，对不起。我这是怎么回事呢，和您聊起来，一不小心就……"

宫司先生挠着头，我又问：

"大叶冬青的树叶，以前是如何用于占卜的呢？"

"具体的我不是很清楚，好像是把它们放在火上烤，用烤出的图案来占卜。"

"那我这片叶子也是这样喽？"

我从手账中拿出叶子，宫司先生两眼放光，似乎很开心。

"这片叶子是不是猫给您的？"

看来他也知道那只猫。

"是的，八字脸的猫。我收到了它的信息。"

"啊，您运气真好。那只猫叫神签。您的脑筋转得真快，立刻就明白那个词是它对您的启示了。"

原来那只猫叫神签。我点头。

"我干的活，也和课代表差不多。"

官司先生凝视了我两三秒钟，没有深究，只是微笑道："这样啊。"这次轮到我向他倾诉衷肠了。

"尽管我努力做一个尽职的课代表，却能深切地感受到，每个人的想法都不相同。我做的事能让某些人开心，同样也会惹火某些人，令他们反感。每到这时，我心里都五味杂陈。一方面谦逊、反省，一方面又感到莫名的愤怒、焦躁，非常矛盾。"

官司先生认真地听我说完，沉稳地说：

"神道通常认为，人的灵魂可以大致分为两类：荒魂与和魂。"

我的心里一颤——两个"tama"[1]。

官司先生利落地蹲下来，在地上用手指写出"荒"与"和"两个字。

"荒魂勇猛果敢，能量旺盛，但它的冲动可能引起灾祸。和魂则随和谦逊，富有牺牲精神，它虽然温柔，本性却过于柔弱，无法前进。对每个人来说，这两种灵魂都是必需的，也是应当存在的。"

---

[1] 在日语中，"tama"写作"魂"时，有灵魂的意思。

宫司先生把两个写在地上的汉字分别用圆圈起来。

"在不同情境下，酌情发挥某个灵魂的特长或许会令人生有所不同。两个灵魂都要在平日里经常磨砺才行。"

"就像擦球一样吧？"

没错，宫司先生笑了。

荒魂，和魂。假如它们是相互作用、不可或缺的一对，那这两种灵魂或许就是上天特意预备好的，好让它们在相互碰撞的过程中磨砺成长。这一定意味着，无论哪种情绪都有其存在的意义。

它们就像人生这场游戏中的两只重要的球，是每个人生来就拥有的。我凝望着那片叶子，打算再努力一些，做好课代表的工作。

回家后，我一直在想玉木女士那件事。

严格来说，用占星术找东西也并非绝无可能。可以根据物品丢失的时间点来占卜，但占卜无法指出准确位置，而是会提示搜索的关键词，如高处、水边等。而且最近水星正在逆行，找回丢失的东西的可能性相对较大。

但这种占卜自然没有绝对的保证，如果有人走漏风声，流出诸如"彗星朱丽叶好像用占星术找东西了"的传闻，事情就会变得很麻烦。母亲的话在我的脑海中掠过："既然没法负责，就不要给予模棱两可的爱。"

我不知道自己的感情是模棱两可，还是纯粹的爱。只是，心里某个根本的东西似乎被撼动了，情绪在我的脑海中久久无法散去。

玉木女士还在哭吗？像友谷说的那样，假如盒子里装的是比宝石或金钱更重要的东西，例如是和回忆有关的物件，那么打不开盒子对她的人生来说，恐怕是一种莫大的悲哀。她上次说过，受不了再一个人找下去了。这意味着，她一定还没跟身边的任何人讲过这件事。

我不是灵能者，也不是侦探。我或许无法帮玉木女士找到钥匙，但是——

但是，我可以帮她一起找。那些她不能告诉家人或老人院里的人的事，可以讲给毫无关系的我听。就算找不到钥匙也没关系，哪怕是让她知道有人愿意和她一起寻找，她的眼泪或许就能少流一些。

我下定决心，从手账里拿出玉木女士给我的书信纸。

我犹豫过是否要素颜前往，最后还是化了全妆，盘好头发，去了叶山。

我打车来到蔚蓝叶山，在前台摘下口罩，刚说了一句"不好意思"，就有一位年轻的女员工吃惊地站起来：

"中川女士，彗星朱丽叶来了！"

不用我多做解释，对方就知道了我的来意，这样倒也轻松，看来化了妆来是对的。也许是觉得直呼其名不太礼貌，前台的女人又以手掩口，更正道："朱丽叶……女士。"

前台后面走出一位短发的小个子女人，大概六十岁的模样，腰杆挺直，精神矍铄地朝我走来。这位被称作中川的女人望着我笑了："哇，见到真人了。"她的眼睛亮晶晶的。

"您好，我是院长中川。"

"我是彗星朱丽叶。抱歉突然来打扰，我想见玉木珠希女士。"

"您找玉木女士是想……"

中川脸上忽然闪过一丝不安。我爽快地笑着答道：

"前几天，我在东京市区做活动的时候和玉木女士聊得很开心。当时她邀请我来做客，我今天凑巧到附近办事，就过来问候一下。"

中川很惊讶：

"欸？玉木女士真的和您聊了天？她告诉我她见到您了，但我没想到，二位真的有交流！"

果然，玉木女士应该还没告诉这里的人钥匙的事。中川用内线电话告诉玉木女士我来的消息，一面带我从走廊经过，一面说：

"其实，我是您的粉丝。有一天，我读完您的书，把它放在图书室，玉木女士好像很感兴趣。"

"感谢您的支持。"

"抽中活动名额的时候，我恨不得想瞒着玉木女士自己去。但又觉得，或许是她报名才能被抽中，这样的机会，大概就是神在用我们看不见的力量，为有需要的人提供帮助吧。"

中川带我走到挂着"玉木珠希"名牌的门前，"嗵嗵"地敲了门。门闩开了，玉木女士出现在里面。

这次她没有穿那件和服，而是换了一条深蓝色底、白色波点的连衣裙。

"哎哟，真的是您！我还以为中川在取笑我呢。老师，您是来找我的吗？"

"我还想和您多聊聊。"

"快请进吧。"如此一来,玉木女士亲切地挽着我的胳膊,带我走进房间。中川对我们轻轻致意便离开了。

关上门,我环顾房间。窗外可以看见大海,墙壁和天花板是温暖的奶油色,看上去和普通的单间公寓没什么区别,只是这奇幻的装潢风格让人很难想象这里住着一位八十三岁的老奶奶。窗帘是橘色格子的,一套木质的桌椅也少女感十足。床上铺着淡粉色带小花的床单,柜子上立着好几只相框,好像住在这房间里的是个女初中生。唯一不和谐的,是摆在床边的那只小小的黑色保险箱。

桌上铺着一块白色的拼贴布,上面放了大概十个不知用来做什么的珠子。"请您稍等。"玉木女士说着将它们收拾起来,不经意间,珠子掉了一颗,滚到地板上。

"哎呀呀,不好意思。"

我捡起那颗珠子还给她。是弹珠?

"我刚才在玩打弹珠,偶尔也和中川一起玩。"

玉木女士将弹珠一颗颗地收到玻璃瓶中,我也帮了忙。大小不一的珠子在拼贴布上轻轻摇晃,我的手指不小心碰到了,又有一颗掉在地上。玉木女士稳重地说:

"要是踩到就糟了,会摔倒的。老师,您小心。"

您才要小心——我边想边捡起弹珠。弹珠太容易四处乱滚了,若是玉木女士自己玩的时候忘了捡,该多危险啊。为了确保万无一失,我把地板的每个角落都看了个遍。

"您的钥匙找到了吗?"

听了我的问题，玉木女士平静地摇了摇头。

"一定是老天爷不让我往那盒子里放任何东西了。"

玉木女士轻轻地把手伸向保险柜，开始按密码。我意识到不该盯着看，赶忙转过头去，脑海中飘过一个想法：要是她说忘了密码可怎么办？不过担忧并没有成真，我听到了门开的声音。回过头，玉木女士正坐在床上，手里拿着那只盒子。

"这个啊，是父亲从法国给我带回来的礼物，在我七岁的时候。"

玉木女士陶醉地抚摸着盒子。

"打开之后，里面铺着胭脂色的天鹅绒，可漂亮啦。我开心极了，每天都会打开它看看。出嫁之后也是。"

"……是您很宝贝的盒子呢。"

"嗯，非常宝贝。"

玉木女士伤感地笑了。盒子里面的东西固然重要，没想到对她来说，这只盒子本身也是无可替代的宝物。以至于就算丢了钥匙，打不开锁，也不舍得将它破坏。

我从包里取出笔记本电脑。

"我不敢保证一定能帮您找到钥匙，但我们一起问问星星吧。哪怕能得到一点儿提示也是好的。"

"哎呀，真有趣。星星会回答吗？"

"在一定程度上可以。不过，星星的语言很复杂，所以要由我来做翻译。"

玉木女士开心地双手合十。

我一面和玉木女士慢悠悠地闲聊，一面在合适的时机问她一些必要的问题——那把钥匙平时放在哪里？最后一次用是什么时候？又是什么时候发现它不见了的？聊着聊着，气氛逐渐变得平静而放松。

玉木女士的话有些支离破碎，经常离题甚远，还经常重复，但这样正好。关键的线索往往就在意想不到的地方。似乎她唯独不想告诉我盒子里究竟装了什么，我便在尽量避免触及这一点的基础上，推算星盘配置。毕竟我的目的是找钥匙。

玉木女士告诉我，钥匙一直放在柜子最上面的抽屉里，最后一次用应该是在一星期前，老人院进行定期体检之后。

玉木女士有两个孩子，一个儿子，一个女儿。两人都已有了家庭，儿子在东京当社长，女儿住在海外。玉木女士之前和丈夫一起生活，五年前孤身一人来到这里。在和我对话的过程中，她几次提到的名字"阿步"，应该是她的儿媳。

"阿步人真的很好，她经常来看我。"

"是位好儿媳呢。"

"是啊，我真得感谢她。她每年都会来看我一次。"

"……一年来一次吗？"

"对，他们在逗子有别墅，夏天的时候全家人一起住过去，顺路会到我这里坐一刻钟。"

一刻钟。我不知该做何反应，只好笑着点了点头。

"阿步会把她宠爱的约克夏梗犬也带去别墅，到我这里来的时候，就留小狗看家。她说小狗在家太孤单，所以总是很快就回去了。她可真善良啊。"

她真的觉得儿媳善良吗？我实在想不通，刚说了句"那是"，玉木女士就笑着不让我说下去：

"没办法。我是个不中用的老太婆了，跟我聊天，她大概也觉得无聊吧。"

唉，又来了。我想。给自己贴上不中用、毫无价值的标签，认为自己不会顺利，没有指望。至今为止，我不知听多少人这样说过了。不是的，其实根本不是这样的。

"不过，能住在这座老人院，我挺幸福的。老师，您住在哪里？您的家人呢？"

我一瞬间有些迷茫，玉木女士所说的"家人"，到底是指我的兄弟姐妹，还是问我有没有结婚？不过我立刻意识到，无论她指的是什么，我的答案都是一样的。

"我一个人，住在东京市区的公寓。"

"这样啊。工作的时候，您会去大的占卜馆吧？"

"不，我没有签约公司。有人邀请，我就去干活。是个像弹珠一样不安稳的占卜师。"

我一边在电脑上操作，一边回答。我的事不重要，得赶紧帮玉木女士找到钥匙才行。

玉木女士吟诗似的说道：

"弹珠，很厉害的。"

我停下操纵鼠标的手，望着她。

"嘿嘿。"玉木女士笑得一脸天真，"小时候，父亲经常对我说，球体是最强大的构造。它能抵挡外界的冲击，而且自身不受任何伤害。它勇敢、稳重、美丽动人。父亲希望我成为这样的人，于是给我取名

'珠希'。"

"……真是个好名字。"

"像弹珠一样的占卜师，也很棒呀。闪烁着五光十色，来去都很自由，偶尔不知道下一步要去哪里，但这样的人生，一定很有意思。"

我几乎想大喊出声。玉木女士这句话真的闪着光滚进了我的心坎，一直以来的生活方式仿佛全部得到了肯定。说出这些话的玉木女士却认为自己不中用，这真是太悲哀了。

我忍住泪水调整呼吸，望着出现在电脑屏幕上的天宫图。星星的标记仿佛在画面上闪动着。我一面解读星盘信息，一面听玉木女士的补充，然后说出了自己的看法：

"玉木女士，钥匙应该离您很近。"

"很近？"

"嗯。而且，星盘上提示了一个人……大概是您的老朋友。一个总在您身边的人。钥匙好像在您的朋友那里。"

玉木女士不可思议地抬头望着天花板。

"朋友……是谁呢？我的朋友……"

"……不一定是人。"

我小心翼翼地补充道。玉木女士听了，立刻露出花朵绽放般的明朗神情。

"朋友……！啊，在这儿呢。"

玉木女士打开床头柜上的小门，里面的小架子上，放着眼镜、文库本等小物件。她从中拿出一只八音盒，毫不犹豫地打开了它。

《致爱丽丝》的旋律传来，盒子里装着几个深色的金属物品。

胸针、戒指、丝巾扣。

画里那把手持部分雕刻着花纹的钥匙就在其中。

"对对对！我把它放在这里啦！"

玉木女士攥着钥匙，高兴得几乎要抱住我。接着，她等不及了似的拿过木盒子。

那个瞬间，我犹豫过是否要回避：那只盒子里，会不会有什么我不该看的东西？我一面想着不能一直盯着看，一面又被恶劣的好奇心怂恿。这或许就是荒魂在起作用吧——我的内心深处这样想着，目光没有离开玉木女士的手。

她将钥匙插进孔里，轻巧地旋转……

给盒子上了锁。

"啊，太好了。这下就放心了。盒子里的东西就不会掉出来了。"

……这到底是怎么回事？

原来盒子一直没有上锁，玉木女士是想把它锁上。

我像一只吃了竹枪子的鸽子，呆坐在房间里。

"我想起来啦，体检之后，盒子打开的时候，中川突然来了。我慌忙把盒盖盖上，忘了上锁。然后，中川跟我说：'您要的布订好了，说是十天后送到。'我做姑娘的时候，擦黄铜首饰就常用那种布，跟卖布的店家有多年的交情。这回想换一块新的，就让中川去帮我订。后来，我就忘了盒子没上锁的事，把黄铜的东西都归到一起了，方便之后用布打理。"

原来她不是因为盒子打不开而犯难啊。盒子既然能打开,把里面的东西放到其他地方不就好了吗?她为什么要说"除非神仙显灵,否则我是没法取出盒子里的东西了"呢?

玉木女士对我深深地低下头:

"非常感谢您的帮助。您真是一位优秀的占卜师。"

"没什么。既然一星期前您订的布十天后能送到,那无论怎样,再过个三天,您肯定也能找到这把钥匙。"

玉木女士好像没明白我的意思,神色有些愣怔,但很快又和蔼地笑了,表情里透着温暖。

"而且,我真的已经好久没和人聊得这么高兴了。非常愉快!好像整颗心都舒坦了。"

玉木女士伸出一只手,像是要和我握手。

"玉木女士,我也一样。"

我双手握住了她的手,带着想把头扎进她怀中的冲动。

临走前,我到前台辞行,中川飞奔而来。

"您这就要走了吗?玉木女士可真厉害,真的和您交上朋友了呀。"

"嗯,但我还有一点儿困惑,之后可能还会来的。"

听到我半自言自语的嘟囔,中川轻描淡写地说:

"哦,莫非是那个木制宝箱的事?里头没装任何东西啊。"

"欸?"

"她可能以为谁都不知道,但我偶然撞见过一次。有一次,她的房门半开着,我一不小心就看见了。她当时打开那盒子,对着里面说了很多话。至于说了什么,我听不清楚,总之是一会儿高兴,一会儿生气的。她以前是大户人家的大小姐,或许从小就有许多对谁都不能说的秘密吧。"

望着不知该说什么的我,中川的目光一下子柔和了许多。

"玉木女士啊,绝不会说别人的坏话,也不会抱怨。看着她独自对着盒子倾诉的模样,我突然觉得她挺可怜的。虽然我愿意倾听她的心事,但是否要敞开心扉,还要她自己做决定。"

原来如此。

原来盒子里装着玉木女士不想让任何人知道的心事。她将自己的真实想法倾吐在那里面,然后上锁将它封好。这些心事确实是除非神仙显灵,谁都拿不走的东西。

"对啦。您能给我签个名吗?"

中川笑嘻嘻地递上色纸和签字笔。

我和友谷并肩坐在夜晚的神宫球场,场内坐满了观众。

友谷脖子上搭着中日龙队的蓝毛巾,从卖啤酒的姑娘手中接过两杯啤酒,递给我一杯。

"我打算重新开始做个人占卜。"

我边喝啤酒边对他说。在叶山发生的事我没有对他说,保密义务还是要遵守的。可友谷只是淡淡地说了句"是吗",一点儿也不惊讶。

我继续说道:

"不是以彗星朱丽叶的身份,而是换个名字,也换一种姿态。具体怎么做,今后还要仔细思考。说不定最后呈现的形式也不是占卜。"

"嗯,我觉得很好啊。这才是笑笑真正想做的吧。"

我点头。

我想创造一个地方,供人们倾诉无法告诉任何人的秘密。我希望自己像玉木女士的盒子那样,成为其他人的树洞。对我而言,友谷是否就是这样的人呢?我问过自己这个问题,但似乎不太一样。因为我为他的事烦心的时候,是不会对他说的。

我想,大家都需要这样一个地方,略微游离于日常生活之外,有需要的时候就打开盖子倾诉,神清气爽后就上好锁,回归日常生活。如果倾诉的人想听听上天的意思,那我以星星的指导为工具,给对方一些提示也无妨。

在我学会读天宫图的时候,在酒吧一角和客人面对面私聊的时候。

比起预言未来、幸运物预测,我有更想告诉对方的事。

内容很简单,我想让每一个人知道,大家都非常优秀。

比赛开始了。

进入第二轮的时候,友谷将脖子上的毛巾轻轻披在我肩上。

"冷就别逞强了。"

"被你发现啦。"

白天气温高，我大意了。秋天的夜风冷得超乎我的想象，一件长袖 T 恤太单薄了。

"什么事都瞒不过友谷的眼睛呢。"

"这就是爱嘛。"

我怦然心动，但不能认真。抱着胳膊，我故作轻松地说：

"是爱吗？那谢谢你啦。"

友谷望着球场说：

"你啊，要么跟我过算了。"

"哈？"

"反正都偶然重逢了。"

友谷的脸红得像一只恶鬼。一定是喝了酒的原因，一定是……

我开心，开心得不得了，却又实在不好意思，只好口出恶言。

"什么嘛。既然是偶然重逢，那假如是别人也行呗？"

"偶然重逢的人就是笑笑你啊！我除了相信这偶然，还能怎么样呢？"

"锵"的一声脆响，场上打出了本垒打。观众们全体起立。趁着这阵混乱，友谷紧紧抱住了我。他的体温陌生又令人怀念，发蜡的味道甜中带苦。我也抱住了他，紧紧地。既然事出偶然，那就答应他一次吧。

选手和观众都热血沸腾地守望着那只白球的踪影。

投球,接球。
球被击起,飞向空中。

我抬首望向夜空,啊,那是——

一块被擦得洁白的光之玉。
一轮浮在空中的圆月。

只在这里说的故事

———

猫の
お告げは樹の下で

啊，多可爱呀。

四月也即将走到尾声。大叶冬青今年的花季也到了。小小的黄色花朵从叶腋的各个地方冒出来，聚成花球，仿佛点亮的浑圆的灯泡。大叶冬青的花语是"传达"，这个标签和它契合极了。

樱花虽然落了，但对我来说，这株大叶冬青才是提示季节变换的植物。无论什么事都是如此，逐渐步入正轨的时候都比刚开始多一些辛苦，也多一些快乐。实际上，每年来神社祭拜的人往往也会在这段时间一下子增多。

如果说樱花给人们的新生活送去祝福，大叶冬青的花一定是给大家的新生活送去支持的。你看，花的样子像不像啦啦队队长手里的绒球？

有大叶冬青的神社，就会有神签。

在我们神职之间，这是一个世代传承的、有名的传说。

猫咪神签对参拜者一视同仁，无论性别和年龄，一律会用大叶冬青的叶子向他们送去启示。但神签的存在，始终未在街头巷尾传开。

一定是神签在其中动了手脚。不知道为什么，得到启示的人大都无意炫耀，即使他们想和人聊起此事，对方往往也有其他事要办，没机会听他们讲述。最近，和神签没有缘分的人似乎根本无法有所感应，神签可真聪明啊。

在去年夏天的尾声见到神签的七位幸运的参拜者，后来也经常光临这座神社。

美春最近拿着她就职的理发店海报，高兴地告诉我："从这个月开始，我正式成为理发师啦。"据说她以前给客人洗发时就因动作温柔收获了不少好评，目前已经有好几位客人指名要她来理发了。平时我都去熟悉的理发店，美发沙龙这种地方似乎和我不太搭，但听说新客人拿着海报去可以半价，我打算也让美春为我理一次头发。

耕介的女儿好像今年高考，他和女儿、太太一起来神社请了学业有成的护身符。

听说他的女儿佐月好像在他之前就来过这里。她上小学时，社会实习的校外授课小组带他们去过神社附近的玻璃工厂，回家时，她的朋友在半路找厕所，因此来了神社。原来之前还有过这档事。佐月向我道歉，说自己等朋友的时候在大叶冬青的叶子上写了喜欢的人的名字。确实有这回事，她写的是"佐月♡ 达彦♡"。我问她要不要把那片叶子带走,她说如果不会给我添麻烦的话,还是想保持原样。既然如此,我就祈祷这两个人的爱情顺利吧。话说这个叫达彦的孩子,是佐月的同班同学吗?

慎君决定在最后一次面试的乐器行上班,成了新鲜的社会人。在CD店打工时的经验,似乎对他和买乐器的客人的交流有很大帮助。他说他的吉他也弹得比之前好多了,下次我一定要听听看。对了,他大哥的乐队好像正式出道了,慎君为了庆祝,买了很多单曲CD送给朋友们。我也收到一张,旋律莫名有些熟悉,耐人寻味,是首好曲子。他大哥的乐队肯定会大受欢迎的。

最让我惊讶的是木下。
木下曾在一栋商住大楼里经营塑料模型店,那栋楼就在从神社拐向大街的街角。今年春天,那家店居然重新开张了。新开的店主营塑料模型和娃娃屋,由他和儿媳君枝一起经营。这一回,平等院凤凰堂模型的旁边会摆什么玩具呢?

和也君后来偶尔会带朋友来神社,大家都叫他"苔博士"。那个女孩叫什么来着?噢,好像姓远藤吧。
他有时会向我要一片大叶冬青的树叶,我便尽量挑大的摘了给他。他好像用它写信到山形去,真是浪漫的通信。
但和也君似乎有很长一段时间都以为我是神社的清洁工。好吧,也没有错得特别离谱。

千咲在为漫画家的梦想奋斗，偶尔好像还在家做一些用电脑的助手类工作。那位画出许多名作的漫画家，是叫露吹光老师吧？千咲在她的指点下，正专心致志地创作投稿作品。

"我想画神社的故事，请接受我的采访吧。"她经常带着记事本来找我。我会不会也在她的漫画中登场啊？真是不好意思。对了，悠君过七五三的那天，打扮得也非常可爱。

最后是笑笑。

她可真够神秘的。我至今都不知道她的职业是什么，只不过，每次她来神社祭拜，和她聊天的时候我都会轻松不少。

听君枝说，商住大楼的税务师事务所里有一个隐蔽的房间，那里好像有一位蒙面的疗愈师，我估计那人就是笑笑，但没去验证过真相。笑笑不在电视或杂志等媒体上抛头露面，似乎只靠口口相传积攒口碑。她善于倾听，有时会用占星术解读星体的配置，给客人提出建议。听到这里，我豁然开朗。

笑笑曾经感兴趣地问我如何用大叶冬青的树叶占卜，疗愈师戴的黑色面具又像假面舞会中用的那样，只遮住上半张脸，让人忍不住想起神签。

说到占卜，以前上过许多电视节目的彗星朱丽叶，最近在电视里看不到了呢。她现在究竟在做什么呢？

什么？你问我到底有没有见过神签？

哎呀，真是的。不知怎的，我早就无心谈论自己的故事了。

好吧，那我就只悄悄地告诉看到这里的你。兴许我讲到一半你就有事走开，听不到最后了呢。

就在那天，电视里转播完养乐多燕子队和中日龙队夜场比赛，我毫无预兆地……没错，真是毫无预兆地，想呼吸一下外面的空气。也许这种"毫无预兆"或者"无意之中"的感觉里，本就蕴藏着一些什么。

我走出社务所，仰望夜空，空中有一轮满月。

真漂亮啊。我一面想，一面朝大叶冬青走去。忽地吹来一阵风，树叶齐刷刷地开始摇动，就像摇铃一般。

啊，今夜——

我明白了，今夜是神签回归之时。

我久久地站在大叶冬青树下，一只猫极为自然地出现在长椅后面。它坐着，两只前腿乖巧地并在一起，后背墨黑，肚皮和爪子是白色的，脸上的花纹呈八字形，屁股上有白色的星星标记。没错，就是神签。

"你好，初次见面。"

我紧张得几乎发抖，带着激动和兴奋的心情和它搭话。神签一动不动地凝视着我。黑暗中，它澄澈的瞳孔闪闪发亮，好似最亮的星。

它略微歪了歪头，然后把右爪"咂"地放在长椅上，似乎在催促我坐下。我于是坐到了神签旁边。

"我这个官司，做得好吗？"

神签深深地点头，眯着眼笑了。看来我得到了它的夸奖。我高兴极了，沉浸在满足的喜悦里，神签倏地朝一个方向举起前爪。这是什么意思？我也唐突地学着它的样子举起一只手，神签轻轻一跃，竟然用它的爪子"啪"地拍了我的手心。啊，原来它要和我击掌，以示志同道合、亲密无间？这简直是我莫大的光荣。

神签咧嘴一笑，转身轻快地蹿到大叶冬青的树干上，绕着树干在空中一圈圈地飞旋起来。我从长椅上起身，注视着像发廊招牌一般绕着圈子越飘越高的神签。

配合着它的动作，大叶冬青舒畅地展开树干和枝条，像在跳舞似的。神签飞到树顶的位置，身上忽然闪现一道光芒，继而飞向天空，融于夜色之中。

它走了，我还没和它待够呢。

我带着谢意和寂寞仰望天空，之间一片树叶悠然飘落。

哎呀，它竟然——

我捡起叶子，不禁失笑。叶子上画着神签屁股上的五角星标记。

好吧，这到底是什么意思呢？是相扑中的白星[1]吗？不对，我又

---

[1] 白星：在相扑比赛中，获胜记为白星，落败记为黑星。

没赢什么比赛。

曾经做过厨师的我,自然也想起了米其林的评星。再不然就是如今流行的"点赞"?也可能是嫌疑人的意思?又或者是偶像明星?

如果刚刚的击掌是神签把我当朋友的表示,那它送给我这个标记,是不是宣布我们是同一阵营的队友呢?如果是这样,我就太高兴了。

没关系,不用着急,慢慢想吧。因为这不是别的,而是神签给我的启示。能走到哪一步,只有我自己知道。

啊呀。

你竟然听我把故事讲完了?真是不可思议。和神签缘分不够深的人是无法感应到它的。

那么,这就意味着——

你的运气不错。

说不定,你很快也会收到神签送来的大叶冬青树叶。

请珍惜它的启示。

完

Neko No Otsuge Ha Ki No Shita de
by
Michiko Aoyama

Copyright © 2020 by Michiko Aoyama
Original Japanese edition published by Takarajimasha, Inc.
Simplified Chinese translation rights arranged with Takarajimasha, Inc.
Through Pace Agency Ltd., China.
Simplified Chinese translation rights © 2024 by China South Booky Culture Media Co., Ltd.

© 中南博集天卷文化传媒有限公司。本书版权受法律保护。未经权利人许可，任何人不得以任何方式使用本书包括正文、插图、封面、版式等任何部分内容，违者将受到法律制裁。

著作权合同登记号：图字 18-2024-118

图书在版编目（CIP）数据

树下神猫的告白 /（日）青山美智子著；烨伊译
. -- 长沙：湖南文艺出版社，2024.7
ISBN 978-7-5726-1867-3

Ⅰ．①树… Ⅱ．①青…②烨… Ⅲ．①长篇小说—日本—现代 Ⅳ．① I313.45

中国国家版本馆 CIP 数据核字（2024）第 105581 号

上架建议：畅销·日本文学

SHU XIA SHENMAO DE GAOBAI
树下神猫的告白

著　　者：	[日] 青山美智子
译　　者：	烨　伊
出 版 人：	陈新文
责任编辑：	张子霏
监　　制：	邢越超
策划编辑：	韩　帅　万江寒
特约编辑：	王玉晴
营销支持：	文刀刀　周　茜
版权支持：	金　哲
封面设计：	沉清Evechan
封面插图：	[日] 田中达也（MINIATURE LIFE）
版式设计：	梁秋晨
内文排版：	百朗文化
出　　版：	湖南文艺出版社
	（长沙市雨花区东二环一段 508 号　邮编：410014）
网　　址：	www.hnwy.net
印　　刷：	三河市天润建兴印务有限公司
经　　销：	新华书店
开　　本：	875 mm × 1230 mm　1/32
字　　数：	202 千字
印　　张：	8.75
版　　次：	2024 年 7 月第 1 版
印　　次：	2024 年 7 月第 1 次印刷
书　　号：	ISBN 978-7-5726-1867-3
定　　价：	52.00 元

若有质量问题，请致电质量监督电话：010-59096394
团购电话：010-59320018